LA MAIN PASSE

Boileau-Narcejac

LA MAIN PASSE

Denoël SUEURS FROIDES

Collection SUEURS FROIDES
sous la direction de Michel Bernard

© by Editions Denoël, 1991
73-75, rue Pascal, 75013 Paris
ISBN 2-207-23865-2
B 23865-2

A ma femme

Il va sans dire que les personnages et
événements présentés dans ce roman
sont purement imaginaires.

Chapitre premier

Pierre Marescot ouvre les yeux. Il ne reconnaît pas sa chambre. Il pense que c'est une chambre d'hôtel. La table, oui, c'est bien la sienne. Le fauteuil aussi lui appartient. Mais la fenêtre n'est pas à sa place. Pourtant, ce n'est pas une autre fenêtre. Les rideaux sont de vrais rideaux. Il pourrait se lever, aller les toucher, mais il n'est pas sûr de pouvoir contourner le fauteuil et la table sans heurter quelque chose. Il ferme les yeux, fait un effort pour reconstruire la pièce. Si l'on commence par la table de nuit, on met tout de suite la main sur la veilleuse et... Ça y est ! Les choses s'ordonnent : le valet, au pied du lit, portant le veston soigneusement suspendu, le pantalon bien plié ; tout se passe comme s'il déchirait une impalpable mousseline et s'éveillait dans sa bonne chambre, parmi les meubles familiers. Et de proche en proche l'appartement retrouve son aspect habituel et vient pour ainsi dire au-devant de lui, riche de tous les détails qui affirment son identité : la plaque sur la porte du vestibule : *Pierre Marescot, avocat* et en petits caractères SUR RENDEZ-VOUS, et le canapé rouge dans la salle d'attente, et ensuite le bureau de style Empire avec ses deux bibliothèques et la glace biseautée qui multiplie les Marescot et jette sur les classeurs des fragments d'arc-en-ciel. Peu à peu, avec des retours de sommeil comme des effilocheurs de brume, il rentre dans sa peau. Il s'y gonfle. Il s'y installe.

« C'est bien moi, Marescot, et je vais être obligé... »

Il laisse sa pensée mourir sur l'élan... Il sait bien à quoi il va être obligé et cela l'effraye. Il se sent tout semblable à un chat qui devine, longtemps à l'avance, qu'on va l'enfermer dans son panier et l'emmener chez le vétérinaire. Mais un chat a la ressource de se cacher sous le divan, tandis que lui va devoir affronter le médecin, et mentir, mentir, mentir.

Il se lève violemment ; pas d'erreur ; le rendez-vous est indiqué ici, sur le bloc : *Dr Barrois, 15 heures*. Pas moyen de reculer. La journée commence. Du moins, peut-on la vivre distraitement, d'une cigarette à l'autre, en se promenant, en essayant, par jeu, des phrases banales : « Un peu de migraine, le soir, docteur. En ce moment, j'ai beaucoup de travail... Non, je n'ai pas le temps de penser à ces choses... Mais, quand il m'arrive de remarquer... Vous comprenez... alors je passe vite, je m'efforce d'oublier... » Menteur ! comme s'il était capable d'oublier. Il revoit tout, au contraire, les formes, les couleurs, gravées comme des tatouages dans le secret de sa chair ! Et c'est là, pendant des jours et des nuits, jusqu'à ce que... Et aujourd'hui, justement !... Car le signal est clair. Quand il se réveille ainsi, englué dans un résidu pâteux de sommeil inassouvi, cela signifie qu'il doit se préparer. Il a tout lu sur le sujet. Il a même relu son catéchisme : la tentation... le péché... et ce mot obscène : la concupiscence ! Eh bien... Mais il sait qu'il n'y a qu'une solution : céder, retourner sur ses pas, prendre son désir à bras-le-corps... Allez ! regarde ! Encore ! Encore ! Pas avec ce visage halluciné, surtout : l'air bien calme, intéressé mais pas captivé. Une expression qui signifie : « Pas mal. Pas mal du tout, vraiment séduisant. » Car on t'observe, la vendeuse de l'autre côté de la vitre, le flic qui fait les cent pas et qui se dit, fatalement. « Je le reconnais ! C'est l'avocat ; il drague ! Si c'est pas malheureux... »

Marescot allume une nouvelle cigarette. Qu'est-ce qu'il va chercher ! Personne ne se doute... Qu'on le trouve bizarre, par moments, pourquoi pas ! Il a des soucis, professionnels et privés. On le dit tatillon... ou bien, pour parler comme sa secrétaire, « perfectionniste » ; c'est plutôt une qualité, faite d'agacement et d'estime à la fois. On le dit aussi timoré dans ses plaidoiries, comme s'il avait peur qu'on ne s'en prenne à lui quand il n'obtient pas un acquittement. La vérité, c'est qu'il ne comprend pas comment il a pu choisir ce métier qui vous met en avant quand on voudrait tellement rester inaperçu. Mais le Dr Barrois lui a déjà expliqué qu'il est tout à la fois

11

passionné et méfiant, impulsif et circonspect, tout en contradictions et en scrupules. « En somme, dit-il souvent, tout le portrait de Madame votre mère. » Machinalement, il s'est mis tout nu et règle la douche, de façon à obtenir un jet très chaud. Il aime le chaud, au lit, à table, au travail. Il pense : « Pauvre maman ! tout à l'heure, quand je sortirai, elle me soufflera : Sois prudent ! Fais attention ! Tu es tellement distrait ! » Elle croit savoir tout de moi, la pauvre ! Mais personne ne sait, pas même moi. Le Dr Barrois... et encore !

Marescot est bien réveillé, maintenant ; il est propre, parfumé, lavé de toute souillure. C'est décidé. Il va retourner aux Nouvelles-Galeries. En finir avec cette obsession qui lui serre la poitrine alors qu'il serait si simple de retrouver la paix. Il s'habille soigneusement. L'ensemble gris ardoise. Sobre mais chic. Il faut avoir de l'allure quand on se prépare à prendre de tels risques. Pas d'imperméable sur le bras ! Rien qui suggère une idée de cachette. A mesure que l'heure de l'action approche, Marescot sent qu'il est en forme, comme un sportif qui commence à se concentrer. C'est ce sentiment de bien-être qui est déjà sa récompense. C'est ça qui en vaut la peine.

Il entre dans la salle à manger où sa mère l'attend, en écoutant les dernières nouvelles de France-Infos.

« As-tu bien dormi ? »

Et tout de suite son visage d'inquiétude. Elle étudie son fils, hoche la tête.

« Après... », demande-t-elle. Un silence. « Tu viendras déjeuner? Tu es bien élégant aujourd'hui! »

C'est presque un reproche. Mais s'il avait l'intention de rencontrer une femme, il le lui aurait dit. Il ne lui cache rien. Il est franc, avec elle comme avec tout le monde. Et pas seulement franc! Transparent. Il sait depuis toujours que la meilleure façon de mentir c'est de se raconter. Aussi il n'hésite pas à annoncer qu'il va aux Nouvelles-Galeries s'acheter un flacon d'eau de Cologne et du papier à lettres.

« Tu reviendras déjeuner?

— Oh! sûrement! Si j'étais obligé de m'attarder, je te téléphonerais. »

Il l'embrasse sur le front.

« Prends au moins une tasse de café!

— Non, merci. Tout à l'heure, je boirai un espresso au bar; j'aime sentir autour de moi le bruit, la musique... »

Et c'est vrai. Il a besoin de marcher dans la foule, de coudoyer, d'être un peu bousculé, et même d'être pressé, car alors les regards passent à droite, à gauche, volent le long des rayons, sans se fixer sur les visages. Rien n'est plus dangereux, au contraire, que le comptoir devant lequel stagnent deux ou trois curieux qui n'en finissent pas de choisir des choses; ce sont les mains, ici, qui sont observées comme si elles allaient bondir sur l'objet qu'on a l'air de convoiter. Ne pas insister. Aller nonchalamment plus loin. Mais quel jeu passionnant! On est à la fois l'enfant ébloui,

13

qui veut tout emporter, et l'adulte averti qui devine tous les pièges et connaît toutes les ruses. Il est 10 heures et demie. C'est le bon moment. Le personnel sent la première fatigue engourdir sa vigilance. Le public, au contraire, cède à la première volupté de la dépense. L'instant à saisir approche, autour de 11 heures. Marescot entre, porté par un remous de foule, et c'est tout de suite l'agression des haut-parleurs et des lumières, ce mélange tellement excitant des annonces tonitruantes qui rappellent Orly et Saint-Lazare, des musiques comme celles des manèges et des baraques foraines, et, pour peu qu'on y fasse attention, le piétinement du troupeau en transhumance par les escaliers, les escalators, les allées entre les rayons comme des sentiers de sous-bois, où l'on a hâte de se perdre. Déjà, Marescot se laisse emporter par une dérive pleine de surprises, de promesses, d'offres délicieuses. Mais en même temps il observe, il reste sur ses gardes, comme un prédateur qui traque un gibier inconnu. C'est la règle de ce jeu à la fois bouleversant et terrifiant : on ne doit pas savoir ce que l'on cherche, mais, quand le désir a surgi, au détour d'un comptoir, il faut déployer toutes les audaces. Prendre sans être pris. A chaque fois, la petite mort et la lente résurrection. Mais le jeu n'est pas fini. Il convient d'acheter une babiole quelconque pour justifier le petit paquet qu'on emporte et qui masque la vraie proie, celle dont on est fier, qu'on sent dans sa main comme une petite bête captive et qu'on regardera avec amour à la maison. Qu'est-ce que c'est : un poudrier, ou un Waterman, ou une boîte à secret... Les boîtes à secret, c'est sa volupté la plus sensuelle, parce qu'il faut trouver, à force de manipulations caressantes, le secret, et pendant tout le temps qu'on cherche, on est encore là-bas, parmi les gens qui passent, qui vous frôlent, et il y a toujours une vendeuse qui vous étudie, un sourire prêt, parce que vous êtes bien habillé.

Marescot fait un tour de reconnaissance, non pas pour donner à son désir encore vague une première impulsion d'intérêt, mais pour respirer l'air de sa forêt, car tout autour de lui ce sont bien des halliers qui s'ouvrent, giboyeux, pleins de senteurs, de parfums, de sillages, d'odeurs de femmes en état de convoitise, et tout cela se respire, à certains carrefours, les yeux fermés, tandis que monte, comme un lent orgasme, le besoin, maintenant irrépressible, de saisir et d'emporter. Il s'arrête, près du rayon des flacons d'eau de toilette, qui est, d'une façon bizarre, un lieu peu fréquenté, à cette heure. Il tire de la poche de son veston un gant de chevreau noir, l'enfile avec le soin attentif d'un casseur qui va ouvrir un coffre au mécanisme complexe ; il agite les doigts, tasse encore un peu la peau entre pouce et index, majeur et annulaire. Cette fois sa main s'est transformée en pince de précision. Elle ne laissera aucune trace. Elle se faufilera comme une belette, le moment venu, rapide, souple, elle saura s'emparer de la chose — il ignore encore laquelle — et la ramènera comme une proie étranglée, tout de suite gobée par la poche

15

gauche du pantalon, sous le mouchoir. Un coup d'œil indifférent, tout autour. Personne ne l'a vu et c'est dommage, à cause de la beauté du geste. Peut-être s'est-il attaqué, jusqu'à présent, à des objets trop petits! Il se dit, en suivant un courant qui l'entraîne vers le rayon des poudres à laver, que plus son butin est modeste et plus un observateur pourrait l'accuser de chapardage. Mais s'il s'en prenait à quelque chose de plus important, il ferait figure de voleur. Et c'est bien là le motif d'une détresse qui ne manque jamais de s'emparer de lui, dès qu'il a réussi son coup. Il est pris entre ces deux pôles de l'art : d'un côté le larcin minable, de l'autre le vol sordide! Alors qu'il se tient en virtuose à la frontière de la prestidigitation! Il faudrait qu'un observateur impartial soit juge. Pas un surveillant, bien entendu. Et pas davantage un médecin. Non! Quelque artiste de la rafle désintéressée. Ce qui compte, ce n'est pas la valeur de l'objet! C'est sa capture! Mais qui comprendra la qualité de l'émotion qu'elle procure?

Il va au bar. Un bon espresso lui fera du bien! Peut-être même le délivrera-t-il de ce doute qui le hante, au moment de l'action? Si on me surprenait! Ah! les titres des journaux!... *L'avocat est arrêté la main dans le sac! etc.* S'il va au fond des choses, cette volupté de l'angoisse, elle est faite de panique, mais cette panique, quelle en est la racine? Il n'est pas sot; il en devine la nature. Il doit s'avouer qu'il est un raté. Inutile de se donner le change, d'admirer son doigté, sa hardiesse. Façade! Faux-semblant! Comé-

16

die ! Il regarde passer un couple. Elle est là, l'explication, devant ses yeux. Ces deux-là, malgré l'étroitesse
de l'allée, se tiennent, restent attachés l'un à l'autre
par le bras, l'épaule, la hanche, obligeant les gens à
s'écarter, riant très fort comme s'ils étaient seuls. Et
moi ? pense-t-il. Je n'ai que moi à qui parler ! J'exerce
un métier de confesseur. Je suis là pour recevoir en
plein visage des paquets de turpitudes et je dois
imaginer des moyens de les excuser, de prouver que
les vices ne sont que des défaillances, et je ne cesse de
me dire : « Menteur ! » Je me moque bien de leurs
misères. Qu'est-ce que je suis, moi, au fond ! Un
pauvre type égaré dans des égouts, sans parents, sans
amis... Ma mère ? Oui, ma mère ! Après plus de
trente ans, elle ne m'a pas encore mis au monde. Je
suis sa grossesse, son fœtus, sur qui il faut veiller à
chaque minute, et ce bébé inachevé, c'est lui qui, face
aux jurés, décortique les crimes des autres, ces beaux
crimes de bonne santé, fruits de passions bien mûres,
éclatées de saine violence ! A moi, qui fera donc de la
violence ! De quoi suis-je capable ! de barboter, de
chouraver, comme diraient mes clients. Petit cave
sans famille, sans maîtresse, sans même un animal
derrière la porte, m'écoutant approcher en remuant
la queue...

« Garçon, une fine à l'eau ! » L'alcool pur m'est
défendu ! 11 heures ! Il faut y aller ! Mais j'aimerais
bien subtiliser quelque chose d'un peu volumineux. Si
je suis surpris, je paierai. On a le droit d'être distrait,
quand même ! Et la prochaine fois, j'oublierai d'em-

17

porter ma carte d'identité, pour rendre la partie plus palpitante. Qu'est-ce qu'on me ferait, hein ? On me signalerait à la police ? Et après ? Ça, c'est l'attirance du précipice, un désir brûlant de chute et l'alcool l'aiguise encore ! La main qui cherche la monnaie commence à trembler. Alerte !

Marescot se masse les paupières, puis tire sur ses doigts, puis grignote un sucre. Le calme, peu à peu, lui est rendu. Allons ! C'est l'instant d'entrer en scène. Il lâche devant lui ses regards comme des chiens courants, et les suit vers l'orfèvrerie. Pas question, bien sûr, de s'attaquer aux montres ou aux bracelets ni aux bagues. Il n'en a même pas envie. Ce qui soudain l'intéresse, c'est un petit stand autour duquel se pressent quelques hommes. Un calicot indique : *La coutellerie de Thiers.* Voyons cela. Sur une table, bien rangés par taille, s'alignent des couteaux ; il y a de ces lames féroces dont le dessin, sinueux légèrement, évoque on ne sait quelle sauvage mise à mort ; à côté, les couteaux de chasse dont le manche semble fait d'une patte poilue, et puis les poignards à cran d'arrêt qui, une fois ouverts, ressemblent à ces dagues de la Saint-Barthélemy. Et les couteaux-usine qui contiennent des limes, des ciseaux, des tournevis, une dizaine d'outils amusants indispensables pour le camping. Et puis, en vrac, sur un vaste présentoir, des couteaux de fantaisie dont le manche est bleu ou vert, orné de motifs variés, profils féminins, esquisses de paysages, comme des calendriers. Il y en a même un qui représente un crocodile ou un lézard. Non, c'est bien un crocodile, gueule entrouverte sur des dents minuscules mais acérées. Marescot s'en assure en passant légèrement le doigt sur les mâchoires et c'est alors que le désir le prend au ventre, mouille de sueur la paume de son gant, l'oblige à s'appuyer au bord du comptoir. Sa vue se brouille. Ce crocodile... il le lui faut, tout de suite, même au prix d'une imprudence... Comment s'y est-il pris ? Ce qui est sûr, c'est qu'il le tient et qu'il a le temps de se dire. « C'est une belle pièce. » Comme un pêcheur qui vient de ferrer un brochet. Et déjà le couteau est dans sa poche, sous le mouchoir. Marescot s'éloigne, de son pas de flâneur. Mais, pour se perdre plus vite dans la foule, il quitte l'allée principale et rejoint la sortie en passant derrière le rayon des chaussures et la cabine du Photomaton. *Exit*. La porte de la rue. Il est dehors. Il marche un peu, la tête vide. C'est son plus beau coup, réalisé presque en voltige, sous le nez d'un badaud qui n'a rien vu. Il est lourd, ce couteau ! D'une matière dense, qui ressemble à du cuivre. Le système à ressort qui laisse jaillir la lame aura besoin d'être étudié. Marescot entre dans un café, descend aux toilettes. Un coup d'œil ! Juste un petit coup d'œil avant de regagner la maison. Il s'enferme, tire doucement sur son mouchoir, regarde rapidement. L'étoffe est tachée de sang.

Chapitre 2.

Il est blessé! Tout ce sang! Il chancelle. Déjà, tout petit, quand il lui arrivait de saigner du nez, il était au bord de l'évanouissement. Mais blessé par un couteau fermé, voyons, du calme! S'il y a du sang sur le mouchoir, il ne provient pas d'une blessure. C'est le couteau qui est sanglant. On le sent gras, poisseux, sous le mouchoir. Marescot l'extrait de sa poche, en prenant bien soin de ne pas tacher son pantalon. Il garde un moment l'arme sur le plat de la main. Côté crocodile, les aspérités du dos n'ont retenu qu'une sorte de rosée écumeuse dont la couleur se confond avec la teinte brunâtre du couteau. Mais, côté opposé, le manche, lisse, présente une traînée dense, semblable à une mince couche de confiture en train de sécher et, lisibles comme des reproductions photographiques, il y a deux empreintes, plus une trace de doigt, allongée, floue, comme si la main coupable avait glissé au moment du coup. Marescot, le cœur encore barbouillé, reprend presque instantanément son sang-froid. Quelqu'un a été tué avec cette arme.

Ce n'est plus un couteau. C'est une pièce à conviction. Mais, tout aussitôt, il comprend que jamais il ne pourra expliquer comment il a trouvé ce couteau, à moins d'avouer qu'il l'a dérobé. Bien sûr, il lui reste une possibilité : dire qu'il l'a aperçu à terre et qu'il a tenu à signaler sa trouvaille au patron du bistrot. Mais il sera toujours temps, plus tard ; l'événement est trop riche pour qu'on le gaspille en le révélant trop vite. Il ne quitte plus des yeux ce crocodile à la queue repliée le long du corps, le ventre cachant en partie les pattes de derrière tandis que les pattes de devant laissent voir des griffes aux aguets. L'œil est bien dessiné. Jusqu'à sa paupière, fendue en amande, qui veille. Le dos montre avec talent le hérissement des grosses écailles et l'éclat doré de l'armure, sous la sinueuse mâchoire entrouverte. Marescot a envie de le garder. Il ne peut plus s'attarder dans son box sans attirer l'attention. Encore un coup d'œil. C'est dans la rainure où se blottit la lame que le sang a giclé. S'il appuyait sur le déclic qui commande le jaillissement de l'acier, il s'éclabousserait ! Aussi, avec précaution, il enveloppe le couteau dans son mouchoir, après l'avoir enfoui dans plusieurs épaisseurs de papier hygiénique. Il sort et se lave longuement les mains. De toute évidence l'assassin a volé le couteau sur le présentoir. Le désir de tuer a dû s'emparer de lui à l'improviste. Marescot sent que ce désir monstrueux n'est pas sans parenté avec le sien. On flâne. On pense à des choses futiles et soudain, du fond des tripes, c'est le bond de la bête. Et il faut obéir, vite.

21

N'importe quoi fait l'affaire pourvu que ce soit insolite. Et parce que rien n'a été expressément voulu, le geste qui dérobe est du premier coup réussi, comme si les bras, la main, l'espace d'une seconde, étaient devenus invisibles. Oh! comme il comprend cela! Et c'est peut-être ce qui le retient, ce mystérieux penchant qu'il partage avec le criminel inconnu.

Il remonte l'escalier de fer qui se tortille jusqu'au rez-de-chaussée, entre des murs souillés de graffiti, et se fait servir un espresso qu'il boit debout au comptoir. Non, il n'est pas complice. Ce couteau, il le donnera sans doute à la police, à son ami l'inspecteur Crumois. Mais rien ne presse. Et puis d'abord, ces empreintes sur le manche, elles sont à qui? Il suffirait de les garder à l'abri pour que le coupable, s'il venait à être connu, ne puisse pas être confondu! Ce qui est sûr, c'est que le crime a eu lieu tout récemment. Mais où? Comment? Comme ça, au milieu de la foule? Et le blessé n'aurait pas crié, appelé à l'aide? C'est stupéfiant.

Marescot revient sur ses pas. Il veut comprendre. A peine a-t-il franchi cette porte de verre qui s'ouvre magiquement, déjà il entend la rumeur. Des gens courent. Tout de suite il y a une ambiance de panique. Des voix d'hommes crient : « Dégagez » « Dégagez »! Marescot s'adresse à une employée qui, debout sur la pointe des pieds, cherche à voir.

« Qu'est-ce qu'il y a?

— Je ne sais pas. Sans doute quelqu'un qui a eu un malaise! »

Un haut-parleur, soudain, s'adresse au public.

« Ici le commissaire Gaudreau. A la suite d'un accident, la partie sud des Galeries doit être évacuée. Chacun doit garder son sang-froid. Il n'y a aucun danger. La libre circulation sera rétablie au début de l'après-midi. Merci ! »

Marescot se hâte de quitter les lieux. Sur le trottoir, il éprouve dans les jambes une courte faiblesse, et s'oblige à respirer lentement, profondément, comme un sportif après l'effort. Il s'aperçoit qu'il fait très beau, que la vie coule allégrement, que les feuillages brillent d'un éclat de jeunesse et qu'il ferait bon déjeuner dans le quartier, un steak, par exemple... non, pas de viande saignante. Un poisson plutôt, avec une bouteille de muscadet. Il entre chez Mathieu, où il vient souvent. Il est midi moins quelque chose. Le temps de téléphoner à sa mère... un rendez-vous important, qu'elle ne s'inquiète pas — à tout à l'heure... et il s'installe, se permet un petit apéritif, un kir, oui, très bien. Tout lui est bon pour retarder le moment où il va bien falloir qu'il prenne son problème à bras-le-corps. Problème, c'est vite dit ! En fait, il n'a pas le choix... ou bien il se débarrasse du couteau, n'importe où, et la police saura bien, grâce aux empreintes, se saisir du coupable. Ou bien il le garde en réserve, et il attend le résultat de l'enquête. Si elle s'égare faute de preuve, il pourra toujours livrer le couteau d'une manière anonyme et relancer la justice. Ou bien il s'accordera le plaisir de se dire que, quelque part, un assassin est à sa merci. Il possède sa signature, en quelque sorte. Il est le maître. S'il le désire, il s'offrira même comme avocat. Quelle plaidoirie ! « Me Marescot défend l'homme au couteau. » La gloire ! A condition, bien entendu, qu'on ne sache jamais comment il s'y est pris pour se procurer l'arme. Bah ! Il a pu la recevoir d'une personne qui désirait se venger. Il est facile de broder sur ce thème. Et, à la réflexion, le parti le plus sage, c'est encore de ranger dans le musée cette pièce superbe. En la couchant dans une feuille de plastique, il doit être possible de conserver intactes les empreintes. Reste à éclaircir un point capital. Marescot tire son carnet... Vendredi 12 mai. La page est blanche. Alors il entreprend de figurer ce qu'il appelle déjà « le trajet du crocodile ». L'étalage est représenté par un petit rectangle à droite. Bon. L'assassin marche à quelque distance derrière sa victime. Pointillé de la droite vers la gauche. Allée se dirigeant vers la sortie, en passant derrière le rayon des chaussures et la cabine du Photomaton. Et puis... Marescot ne sait plus. Logiquement, l'assassin a dû frapper dans cette zone abritée et, aussitôt après avoir refermé le couteau, il est revenu très vite sur ses pas et l'a remis furtivement sur le présentoir. Deuxième pointillé en sens inverse. Et c'est à mon tour d'arriver, pense Marescot. Je prends au hasard un couteau. C'est le crocodile. Et je file vers la sortie. Mais là, c'est pure spéculation. Il faudrait que je sache où le corps de la victime est tombé. J'ai peut-être croisé sans m'en douter le criminel ? Si je possède ses empreintes, il connaît peut-être mon visage ? Mais non. Tout cela n'est qu'un peu d'imagination. Il faut serrer ce crime de plus près et non pas en faire l'objet d'une espèce de jonglerie ! Questions : le corps a dû tomber entre le rayon des chaussures et le Photomaton. Mais, où ? De l'étalage de la coutellerie à la porte de sortie, à vue de nez, il n'y a pas plus de 14 ou 15 mètres. L'assassin fait quelques pas en courant, frappe, rebrousse chemin tout en repliant son couteau et le glisse parmi les autres, puis s'éloigne tranquillement vers l'intérieur du magasin. Pourquoi se précipiterait-il vers la porte automatique ? Il risquerait de se heurter à une personne désirant entrer, et de toute façon le cadavre va être découvert d'une seconde à l'autre. Il n'a donc d'autre ressource que de se fondre au cœur de la foule. D'où un troisième pointillé qui s'allonge, lui, vers le haut de la feuille et s'achève en point d'interrogation. Le dessin ne jette pas une bien grande lumière sur l'énigme ! Ce qui paraît évident, c'est que l'assassin doit être doué d'une grande force et d'une grande adresse pour tuer du premier coup et ne pas s'asperger de sang. Dès qu'on creuse un peu, on se heurte ainsi non pas à une ou deux questions mais à un grouillement de « pourquoi » ! Pourquoi choisir un tel endroit pour frapper ? La victime était donc sur le point de s'échapper ? Il fallait l'abattre coûte que coûte ? Pourquoi, si on était d'avance résolu à tuer, venir sans arme, puisque le couteau a été emprunté au passage. Tout, dans ce crime, semble improvisé. Alors qu'il s'agit très certainement d'une opération soigneusement préparée. Et le sang-froid qu'il a fallu montrer ! Marescot sait bien, lui, de quoi il parle ! Or l'assassin a bravé le hasard deux fois ! L'une, quand il a repéré le couteau parmi les autres et décidé que c'était celui-là ! L'autre fois, aussitôt après l'exécution, quand il a jugé, au cinquantième de seconde, que le moment était propice pour remettre le couteau à sa place ! Quel coup d'œil !

Marescot est tellement absorbé qu'il n'a plus faim. Qu'est-ce que c'est que ce poisson ? Une sole, tiens ! Il a commandé une sole ? Il ne s'en souvient plus. L'admiration le tient captif ! Maintenant que la première émotion s'est calmée, il a tout le temps d'admirer et, en vérité, plus il essaie de se représenter l'homme et plus il l'admire. C'est forcément un professionnel, c'est-à-dire quelqu'un qui est spécialiste du coup de main, de l'action de commando fulgurante, impitoyable. La preuve : cette façon d'utiliser une arme blanche, pratiquement la première venue, et de trancher la vie d'un seul coup car, attention Marescot, c'est là le point important, il n'a droit qu'à un coup, frappé dans le dos... donc avec toutes les chances de ne pas infliger une blessure mortelle !

Surtout que le poignard n'est pas une arme d'assaut. C'est facile de s'en assurer, à travers la poche. C'est un couteau de bureau, amusant avec son crocodile à la gueule béante, mais qui, si on le tient, sur le mouchoir, entre l'extrémité du petit doigt et l'avancée du pouce... qu'est-ce que ça mesure ? A peu près la longueur du couteau à poisson. Même pas ! La moitié à peine ! Alors, il faut connaître l'anatomie pour être sûr. Et ce n'est pas tout. Si la mort n'est pas instantanée, le corps va s'effondrer avec fracas. D'où la nécessité de le soutenir par les épaules afin de l'allonger sans bruit sur le sol. « Admirable », conclut Marescot. Et c'est moi, le petit amateur, qui suis en quelque sorte le témoin. J'ai presque vu le geste ! J'ai recueilli l'arme ! Il ne me reste qu'à faire la connaissance du tueur pour lui dire : « Si la police vous met la main dessus, comptez sur moi. Je suis avocat et de plus je connais bien votre cas. Je le connais de l'intérieur. Moi seul peux vous sauver ! » Allons, allons ! Ne commençons pas à romancer. Il faudrait savoir, d'abord, qui est la victime.

Il commande un café et demande au garçon :

« C'est la radio que j'entends, à côté ?

— Oui, monsieur.

— A-t-on parlé d'un crime, aux Galeries ?

— Je crois, oui. Vous savez, on n'entend que des bribes quand on va chercher les plats. Vous voulez que je me renseigne ?

— Oui, s'il vous plaît. »

Quelle étrange situation ! pense Marescot. Je suis, au choix, pour la victime ou pour l'assassin. Je ne les connais ni l'un ni l'autre. Ils m'intéressent au même titre. Je me vois au service, peut-être, d'un tueur que je tiendrais sous ma coupe, moi qui ne vis qu'à coups

27

de tranquillisants, de fortifiants, de précautions de toutes sortes. La victime, à tout prendre, m'intéresse moins que son bourreau. Mais voici le garçon.

« Alors ?

— C'est exact, monsieur. Il vient d'être question d'un meurtre. On aurait tué une jeune femme... paraît-il...

— Qu'est-ce que vous dites ?

— Moi, rien, monsieur. Je répète ce que j'ai appris. Mais avec le bruit...

— Et qui est-elle, cette jeune femme ?

— Je n'en sais rien. C'est arrivé aux Nouvelles Galeries, à ce que j'ai cru comprendre.

— Bon, bon. Merci. »

Une femme ! Marescot n'en revient pas. Pour lui, c'était une affaire d'hommes, un règlement de comptes, peut-être un crime de drogué. Mais s'il s'agit d'un crime passionnel — le jaloux qui tue sa maîtresse —, alors c'est tout le charme de l'aventure qui disparaît. Supprimer bêtement l'infidèle, au coin d'un rayon, Marescot aurait quelque peine à préciser sa pensée mais il sent fortement que ce n'est plus de la poésie ; c'est du gâchis. C'est trop banal de courir, de rattraper la femme, de la frapper dans l'élan de la colère ; avec de si pauvres éléments, on n'a même pas à construire une plaidoirie. Il n'y a qu'à raconter. Tandis que si le grand magasin était devenu un terrain de chasse, l'homme poursuivant son gibier de comptoir en comptoir, se dissimulant derrière le rayon des anoraks, ou des blousons, ou des dou-

28

dounes, traversant d'un bond les allées, décidé à aller jusqu'au bout, par tous les moyens, peut-être un garrot fourni au passage par une cravate escamotée... Ça, oui, ça se mime, ça se vit. Tout en cherchant sa monnaie, Marescot voit la scène. Si sa mère était là, elle dirait : « Mon pauvre enfant ! » Il sort, hésite. Il conclut : « Ce n'est pas une femme ! C'est impossible. Je ne mérite pas ça ! »

Mais le plus pressé est de mettre le couteau à l'abri. Il est 2 heures et demie. La rue Cadet est à deux pas. C'est par là qu'il faut commencer. Après, quand il aura vu le docteur, il rentrera à la maison, rue de Châteaudun, où sa mère occupe, depuis vingt ans, un vaste appartement, tout près des Galeries. C'est même le voisinage qui est la cause de tout. Les courses, celles qu'on fait, d'habitude, chez les petits fournisseurs du quartier, il les faisait aux Galeries ; l'épicerie, la mercerie, la papeterie. Il n'était qu'un gamin, à l'époque. A la longue, les vendeuses le connaissaient. Elles le signalaient aux nouvelles : « C'est le petit Marescot. » Maintenant Marescot ne fait plus les commissions mais il s'amuse autrement, à des jeux tellement plus riches en émotions fortes. Et c'est précisément ce qui le bouleverse, aujourd'hui. On a osé venir sur son territoire ! On y a commis cette chose monstrueuse. Tout est sali, maintenant ! Il va falloir trouver un nouveau terrain et peut-être viser des proies plus importantes, courir des risques comparables à ceux que l'assassin n'a pas hésité à prendre. Peu à peu, Marescot commence à compren-

29

dre qu'il est défié. Il achète un journal et cherche un gros titre. Mais non! C'est trop tôt. Il parcourt quelques lignes par hygiène. La réalité du moment efface les fantasmes qu'il vient de libérer. De loin il regarde avec amitié les fenêtres de son petit appartement. C'est là, son vrai « chez-lui », ses livres, ses collections, son musée, sa retraite secrète. Personne n'y vient que lui. Ce n'est pas une garçonnière, oh non! C'est sa tanière, où il retrouve son odeur, son espace, où les choses sont toujours à leur place et s'offrent toutes seules à sa main. Ce n'est pas qu'ailleurs il ait peur. Chez sa mère, il a aussi ses habitudes, mais pas les mêmes. Son bureau, le monde extérieur s'y glisse sous la forme de visiteurs, de clients, d'étrangers, et quand ils sont partis, ils laissent derrière eux des magazines feuilletés, des cendres de cigarettes, une marée basse de discussions, d'éclats de voix, d'échos, d'appels téléphoniques, d'empreintes de semelles mouillées, les Autres, quoi! Tous ceux dont on vit et qu'on déteste parce qu'ils sont des intrus, policiers, juges, témoins, gendarmes, qui installent les façons du Palais partout, dans leur sillage. Et quand ils sont partis, pauvre maman, il faut qu'elle vienne à son tour s'informer...! « Qu'est-ce qu'il a dit, ce commissaire? Méfie-toi! Il ne te veut pas de bien... » Alors, le silence de son tout petit trois-pièces, mon Dieu, qu'il est reposant. La voisine de palier n'est jamais là. Elle vit à Cannes, avec un domestique japonais. Quant au voisin de droite, il commande un pétrolier et passe sa vie en mer. La concierge est serviable et fait les courses indispensables. La maison sent l'encaustique. L'ascenseur est doux. Marescot a l'impression de rentrer dans sa peau quand il appuie sur le bouton du troisième. Aujourd'hui, il va vite dans son musée et extrait de sa poche, avec mille précautions, le couteau au manche duquel son mouchoir s'est un peu collé. Lentement, il tire sur l'étoffe, comme s'il libérait un pansement, et sa bouche se crispe comme si le couteau souffrait. Mais non. Il n'a pas trop pâti du transfert. Les empreintes ont même gagné en netteté, à mesure qu'elles ont séché. Le pouce sur le bouton, une seconde d'hésitation. Des petits caillots vont se détacher de la rainure. Eh bien, non ! La lame a jailli si rapidement que la pellicule de sang, déposée le long de son logement, a trembloté comme une mince couche de gelée, mais adhère toujours aux parois. Rien de plus facile que d'en prélever des fragments pour analyse. Le crime est vraiment signé. La composition sanguine, plus les empreintes, sont l'équivalent d'un aveu.

Marescot, à l'aide de deux petites pinces de philatéliste, couche le couteau sur une plaque de plastique et entreprend de le mesurer : 10 centimètres pour le corps et autant pour la lame. Le poids, maintenant : 150 grammes sur le pèse-lettres. Evidemment, maniée avec force, c'est une arme redoutable, surtout qu'il est terriblement affûté. Marescot puise dans un fichier un carton vierge, s'assoit devant le bureau et note : « couteau australien (?) au manche orné d'un crocodile en cuivre reproduit avec une grande fidélité (griffes, dents, écailles). Ouvert : 20 centimètres. Poids : 150 grammes. Traces de sang à la base de la lame et dans la rainure. 20 mai 1990. 10 h 15. Exposition de coutellerie N.G. »

Pas besoin d'écrire Nouvelles Galeries en toutes lettres. Ces deux initiales figurent sur toutes les fiches. Marescot les contemple avec une satisfaction qu'on peut appeler du bonheur. C'est ça, le bonheur ! D'abord l'exploit, brutal comme un spasme ! Et puis une longue dégustation de paix, de profonde détente, qui appelle la cigarette blonde, un peu piquante, la Craven, qu'on respire par le nez. Il s'allonge dans son fauteuil, regarde sans se lasser les rangées de fiches. Il en connaît le contenu par cœur, la paire de bretelles mauves, par exemple. Il pourrait réciter : « Bretelles " Smart " (présentoir au secteur F) munies de pinces et réglables par barrettes dentées. 14 janvier 1988, 9 heures. » Ou bien encore : « Cravate pure laine tricot, couleur bleue, teinte uniforme. 17 février 1988, 17 heures. » Et naturellement N.G. On peut remonter ainsi très loin dans le passé. Il y a des tiroirs où sont classées les fiches les plus anciennes. La toute première date de 1974. Elle concernait une bricole de quatre sous, un petit nécessaire de couture qui tenait dans le creux de la main. Et pourtant quelle panique, pendant et après ! Il se rappelle qu'il sentait sur lui les regards de tous les passants et qu'il s'était enfui pour se cacher. Il n'avait plus osé récidiver pendant de longues semaines, et ensuite il faisait un détour par la parfumerie pour éviter de longer le comptoir violé. Et puis, peu à peu, la tentation s'était réveillée, avait remonté en lui comme une sève de printemps et enfin il avait capturé un porte-monnaie en tapisserie dont les couleurs de l'étoffe l'avaient séduit. C'était chatoyant comme ces ouvrages au canevas que sa mère conduisait patiemment à l'intérieur d'un cercle métallique. Cela ressemblait si peu à un porte-monnaie que l'on était d'avance excusé de l'avoir dérobé.

Souvenirs délicieux, qui rythmaient le temps comme des escales. L'escale de la boîte à pilules en onyx, l'escale du compte-minutes-bijou, en nacre et argent, tous ces dons de la chance et de l'audace, qui cependant n'excluaient pas la prudence. Un prélèvement tous les deux mois. C'était suffisant. La joie de la prise durait longtemps. Parfois, elle se fanait plus vite, comme une amourette de rencontre. Parfois, au contraire, elle se muait en une sorte de tendresse désolée, comme une passion dont il faudra, un jour, se séparer. Ainsi le petit agenda en cuir vénitien qui avait une façon si gracieuse de raconter le temps ! Mais rien de comparable au bouleversement douloureux à force de plénitude que ce couteau... Oui, il fallait le dire... Qui avait tué... Bien plus ! qui venait de tuer... Ce rouge, ce visqueux, ce collant, c'était du sang presque encore vivant ! Quelqu'un a été plus hardi que lui. Et c'est un sang de jeune femme qu'il a fait couler ; Marescot en éprouve un vertige, en même temps qu'un immense sentiment d'orgueil. C'est un peu comme s'il avait participé à cette

33

violence tout en demeurant innocent. Un pied dans la boue et un pied au sec. Il allume une autre Craven. Toutes ces petites joies qu'il vient d'évoquer... C'est fini, tout ça. A partir d'aujourd'hui commence le temps du crocodile.

Chapitre 3.

Marescot n'y tient plus. Aussitôt finie la visite au médecin (toujours les mêmes banalités : « Vous devriez faire du sport. Vous êtes trop sédentaire ! » S'il savait, le pauvre homme !), il retourne aux Nouvelles Galeries. Une voiture de police stationne devant l'entrée principale et deux policiers surveillent la porte. Marescot entre, non sans un petit serrement de cœur. A une certaine intensité de la rumeur, il reconnaît tout de suite qu'il se passe des choses insolites. Des éclairs de flashes indiquent, vers le fond du magasin, une agitation qui annonce le fait divers. Marescot se laisse entraîner par les curieux et arrive devant la cabine du Photomaton. Là stationne un attroupement serré, tenu à quelque distance par un agent. Marescot se glisse près d'une vieille femme qui se gorge de l'événement.

« En plein jour, monsieur ! Ce n'est pas croyable. On devrait bien supprimer ces petites baraques. Quand vous êtes assis là-dedans, vous ne voyez plus rien à cause du rideau. N'importe qui peut s'approcher par-derrière...

— Quelqu'un a été attaqué ? demande-t-il.

— Une pauvre jeune fille, à ce qu'on m'a dit... Une étrangère. Pendant qu'elle regardait l'appareil, elle a été frappée d'un coup de couteau.

— Elle est morte ?

— On ne sait pas », dit une voix de femme, sur la gauche, à côté d'un grand blond qui commente en suédois ou en hollandais. Deux flashes, au-delà de la barrière des épaules. Puis un bras qui tient à la verticale un appareil photographique et vise au hasard, dans la direction du Photomaton. Marescot en a assez vu. C'est encore au bar qu'il sera le mieux renseigné. Il va vers l'escalator, cherchant en vain un visage de connaissance, et aperçoit enfin le divisionnaire Martineau à cheval sur un tabouret. Il est seul et paraît de mauvaise humeur.

« Si vous êtes en quête d'un client, dit-il, vous tombez mal.

— Je ne suis au courant de rien, proteste Marescot. Que se passe-t-il ?

— Il se passe, grogne le policier, qu'on a un mort sur les bras. Une jeune femme qui a été tuée d'un coup de couteau ! Et c'est la pagaille. Vous vous rendez compte ! Un crime à l'heure de pointe. Le personnel débordé. Je cherche le substitut du procureur. Mon collègue Bricheteau me cherche. Il était là il y a cinq minutes. Je ne le vois plus nulle part. Mais des journalistes, en revanche ! On marche dessus.

Ah! voilà Muller... Muller, de l'Identité! A chaque procès, vous le rencontrez...

— Avec sa barbe neuve, avoue Marescot, je ne le remettais pas.

— Alors, vous avez fini! crie le commissaire.

— Tout juste. Je n'ai pas l'habitude de travailler dans ces conditions!

— Des indices?

— Zéro. Dès que le crime a été commis, les gens se sont précipités. Allez donc mettre en place un service d'ordre sur le coup de midi. Le temps que le service de surveillance des Galeries prenne ses dispositions, que le commissaire du quartier soit prévenu et vous alerté, ça grouillait déjà dans tout le coin. Ajoutez à ça qu'il fallait toucher le procureur, tout le monde, quoi! Et je devais compter avec une foule qui se pressait au point que la petite cabine du Photomaton a failli être écrasée. Heureusement, Bricheteau a du sang-froid et de la poigne.

— Je vous écoute, messieurs, et pardonnez-moi, mais je ne comprends rien.

— Muller a fini. Il va vous expliquer! dit le divisionnaire. Tout cela est terriblement irrégulier mais enfin, maître, vous êtes un peu de la famille!... Ho! Bricheteau! Vous m'excuserez? Ils ont peut-être trouvé l'arme? Au revoir! »

Il file. Muller retient Marescot.

« Nous avons fini. Alors je peux bien souffler un peu. Je ne devrais pas. Je suis en service, mais tant pis! Venez là-bas. On sera moins gênés par leur foutu

37

haut-parleur. Qu'est-ce que vous prenez ? Pour moi, ce sera une anisette. Je sais bien. Ça fait vieux schnock. Mais moi, j'aime ça !

— Alors, ce crime ! demande Marescot.

— Ah ! ce crime ! Eh bien, il a été commis dans la cabine du Photomaton, je dirais autour de 10 heures et demie, 11 heures. C'est aussi l'avis du légiste. Et remarquez, ce n'est pas bête. Le Photomaton se trouve un peu à l'écart. Il y a sans cesse du monde qui passe autour, mais sans faire attention. Et puis il y a un autre avantage, le rideau noir. Vous êtes déjà entré dans un Photomaton ?

— Non, jamais.

— Alors imaginez une construction très légère, à peu près identique à une cabine de baigneur, sur une plage. Le client s'installe sur une chaise, face à l'appareil. Son dos s'appuie à la cloison qui forme clôture, derrière ses épaules. Mais, pour qu'il ait l'impression d'être seul, par une sorte de souci de discrétion, il est séparé de l'allée par un rideau noir qui le cache jusqu'à la ceinture. Si vous jetez un coup d'œil, en passant, vous voyez les jambes et une partie du buste du client. Ou tenez, encore mieux, un Photomaton c'est presque pareil que l'isoloir dans un bureau de vote, sauf qu'on peut s'asseoir. Vous voyez ?

— Oh ! parfaitement !

— Donc, la victime s'est assise sur la chaise, bien tranquillement, du moins je le suppose. Elle a pris la

38

pose, s'offrant sans bouger au criminel qui n'a eu qu'à la frapper à travers le rideau.

— Il y fallait une adresse extraordinaire ?

— Pas du tout. Il a visé le haut de la poitrine, au petit bonheur. La malchance a voulu qu'il atteigne la carotide. »

Marescot ne peut s'en empêcher. A mesure que le récit s'avance, il a de plus en plus chaud. Ses mains sont mouillées de sueur. Mais Muller ne remarque rien. Il regarde les gens qui discutent, au bar. De temps en temps, il envoie un petit bonjour amical, du bout des doigts. Le crime unit dans une même courte émotion tous ceux qui sont là pour consommer un peu de tragédie.

« Quelle affaire ! » chuchote Muller.

Il vide son verre et tend la main à Marescot.

« Attendez, dit l'avocat. Vous avez bien une minute. Vous avez trouvé des empreintes ? Des traces qui vous mettraient sur la voie ?

— Des empreintes, ce n'est pas ça qui manque, vous pensez ! Tous les amateurs de photos instantanées en ont laissé. Le ménage n'est pas fait tous les jours. Il va falloir trier. Mais je jurerais bien que l'assassin n'a touché à rien. Il a frappé de l'extérieur, en fauchant, à travers le rideau. Et il a pris soin d'emporter son arme. Le labo ne nous apprendra rien. Allez, je me sauve. Au revoir, maître ! J'aperçois le commissaire Martineau et j'aime autant qu'il ne me surprenne pas. Mais vous verrez ce que je vous dis : on n'est pas près d'éclaircir ce mystère ! »

« N'oubliez pas que pendant vingt minutes vous allez bénéficier d'une remise de 20 % sur nos articles de plage. En raison des circonstances... »

Le haut-parleur tonitrue. Marescot ne l'entend pas. Il médite la phrase de Muller. Si vraiment le mystère n'est jamais éclairci, on ne connaîtra jamais le criminel, et ça, c'est une pensée désagréable. Si le couteau ne conduit à personne, personne ne saura jamais ce qu'il a fallu de courage, d'audace, de dextérité, pour s'en emparer. Cette idée, Marescot n'a pas encore eu le temps de se la formuler claire-ment, et elle le remplit de stupeur. En dérobant ce couteau il ne lui est jamais venu à l'esprit qu'il pourrait un jour s'intéresser à l'assassin. « S'intéres-ser », du moins pour d'autres raisons que profession-nelles. Et encore ! Il s'est bien dit par jeu : « Ce serait une belle plaidoirie. » Mais il s'est interdit d'imaginer plus loin ! Et c'est maintenant, au moment où la voix d'outre-tombe célèbre les pâtes Buitoni, qu'il décou-vre cette stupéfiante vérité : « Sans moi, il ne sera jamais arrêté. Mais est-ce que je veux qu'on l'ar-rête ? »

Marescot marche carrément au-devant du division-naire. Le policier déteste ces interviews-minute aux-quelles il ne répond qu'à contrecœur, sans cesser de marcher et d'agiter les bras comme s'il chassait des frelons. Mais tout le monde sait, au Palais, que le père de l'avocat a été un brillant magistrat et que le bâtonnier est à la fois son parrain et son patron. « Les avocats associés », une affaire qui marche. On supporte donc ce garçon bizarre, tantôt exubérant, tantôt taciturne, et qui d'ailleurs n'est pas sans talent. Le commissaire s'arrête, bourru et pressé.

« Quoi, encore ?

— C'est au sujet de l'arme ! dit Marescot.

— Eh bien ?

— Est-ce qu'on l'a trouvée ?

— Si on l'avait trouvée, l'enquête serait déjà terminée. Mettons que j'exagère un peu. Mais vous imaginez bien que si nous disposions du couteau et des empreintes dont il doit être maculé, le criminel n'irait pas loin. Ce que je peux dire, c'est que le coup a été porté violemment.

— Et pourquoi à l'intérieur du Photomaton ?

— A mon avis, parce que l'assassin a compris que sa victime avait peut-être l'intention de fuir. C'est pourquoi elle avait besoin de photos d'identité. Mais ce n'est qu'une hypothèse.

— Et cette jeune femme qui a été tuée ?

— Elle n'avait sur elle aucun papier. Pas de nom. Pas d'adresse. Pas de profession. Rien, simplement, elle est de type algérien ou marocain.

— Son âge ?

— Je dirais très jeune. Pas plus de vingt-quatre ou vingt-cinq ans. Tout cela va être précisé. Mais gardez pour vous ces remarques.

— Crime passionnel ?

— Peut-être.

— Et naturellement l'appareil n'a pas eu le temps de la photographier ?

« — Comme vous y allez ! Vous auriez voulu que la main de l'assassin figure sur l'image ! Pas de chance !

— Si je comprends bien, résume Marescot, vous avez un cadavre anonyme, tué par une arme inconnue, pour des raisons à découvrir ! Eh bien, à la vôtre ! Je vous offre quelque chose ?

— Merci. Ce que j'ai vu m'a ôté toute envie de m'attabler. C'était une boucherie. »

Le mot fait frémir Marescot. Ce sang qu'il a touché, c'est celui qui a giclé sur le tueur. Horrible !

« Encore une question, dit-il. La dernière ! Faut-il croire que personne ne s'est aperçu de rien ? Il y a pourtant des surveillants qui ne cessent d'aller d'un rayon à l'autre ?

— Oui, oui, c'est vrai. Mais le Photomaton n'est pas un endroit qui attire les voleurs !

— Il y a aussi des caméras cachées qui observent tout !

— Non, pas tout ! La preuve ! Excusez-moi. On m'attend. »

Marescot retourne lentement vers le lieu du crime qui est encore englué de badauds.

Il aurait dû demander si la morte était bien habillée, si elle portait des bijoux. Peut-être avait-elle un sac ? Elle n'était pas venue au Photomaton sans être munie de monnaie ? Et si l'on avait affaire à un voleur à l'arraché, à un crime stupide ? Marescot se sentirait floué ! Pas la peine d'avoir fauché le croco-dile — ils appellent ça « la fauche » — pour ne posséder au bout du compte qu'une pièce à conviction sans valeur. Le désir, soudain, l'empoigne au ventre : revoir ce couteau, l'étudier avec encore plus d'attention, le savoir par cœur, afin de se le réciter partout, dans la rue, au Palais, de le garder tout vif, en quelque sorte, dans sa mémoire, d'évoquer son image comme on siffle son chien et il accourt pour être caressé. Ce couteau, c'est une attestation d'audace, une médaille commémorative, quelque chose comme un haut grade dans l'ordre du crocodile ! Tout en marchant vers la maison, il s'amuse et même il s'amuse de s'amuser, comme s'il s'accordait un brevet de jeunesse, pour récompenser une disposition de son esprit si rare qu'un lourdaud comme le divisionnaire n'hésiterait pas à la qualifier de « connerie ». Mais personne ne peut savoir à quel point ce couteau a changé sa vie et non seulement il l'a changée mais, en ce moment même, il est en train de la métamorphoser, de l'enrichir d'une floraison de pensées insolites et gracieuses, car enfin qui l'empêcherait de la prendre à son compte, cette enquête ! Il sait comment opère la police. Il peut demander conseil, le cas échéant, au commissaire Madelin que son père tenait en si haute estime, et le policier a beau être en retraite, depuis deux ou trois ans, il connaît encore tout le monde, dans la Grande Maison. Mais cela ne suffirait pas ! Il faut se dire, au départ, que ce crime est beaucoup plus qu'un crime, c'est-à-dire une chose sordide et banale. Il faut se persuader que c'est aussi une espèce de poème sulfureux, où l'arme est une horrible bête des marais et la morte une victime offerte en holocauste, comme au temps lointain des sacrifices humains. C'est pourquoi il est nécessaire de connaître son nom. C'est sûrement un nom de légende, Antinéa ou, pourquoi pas, Iphigénie ?

Il s'aperçoit qu'il est devant son immeuble. Sa rêverie l'a transporté comme un tapis magique. Il a encore faim. Vivement deux œufs sur le plat. Une pareille émotion, ça creuse !

Il écarte sa mère.

« J'ai un dossier à mettre à jour. L'affaire Graullet. Ça se présente mal. Je t'expliquerai. Mais ce soir je suis obligé de veiller. Je coucherai chez moi.

— Tout seul, j'espère !

— Bien sûr. Qu'est-ce que tu vas imaginer ?

— Tu sais ce que le médecin t'a dit ?

— Ouais, ouais ! »

Quand il dit « ouais » sur ce ton à la fois excédé et méchant, il vaut mieux se taire. Elle avait sûrement un sac. Il essaie de se rappeler. Tout s'est passé si vite ! Si ce sac avait glissé, il l'aurait vu, dans l'allée. Et s'il était tombé aux pieds de la malheureuse fille, la police l'aurait ramassé... Mais il y a encore une autre hypothèse : elle se savait peut-être poursuivie et, voyant le Photomaton ouvert, elle s'y est précipitée pour s'y cacher. Elle ne venait pas se faire photographier. Elle n'avait donc pas besoin d'argent !

Il cuisine debout, cherchant le petit bout de la réflexion qui lui livrerait toute la pelote. Se cacher dans cet édicule alors que la porte de la rue s'ouvre à deux pas, c'est idiot, non. Elle ne se sentait pas menacée, mais poursuivie par quelque obsédé qui l'importunait peut-être depuis un moment. Et la preuve que cette supposition est juste, c'est que l'homme ne pensait pas à la tuer. Il n'était pas armé. C'est au dernier moment, voyant qu'elle pressait le pas et qu'elle allait peut-être se mettre à courir, qu'il a perdu la tête. Il longeait le stand de la coutellerie. Alors il lui a suffi d'un geste...

Oui, mais l'employé responsable du stand a bien dû s'apercevoir, avant l'heure de la fermeture, que le couteau au crocodile avait disparu. Et voilà Marescot barbotant dans une fondrière de questions sans réponse! Et il adore ça! Les dossiers courants, toujours ces mêmes histoires de drogués qui tuent au petit bonheur, c'est mortellement ennuyeux! Ça manque de classe. Ce qu'on ne trouve qu'une fois par hasard, c'est le mystère parfait, qui brille comme une perle noire, qu'on étudie amoureusement, la loupe du diamantaire à l'œil. Et quand on a la chance de l'avoir tout à soi, d'en être à la fois l'auteur, le dépositaire et l'acquéreur ébloui, car enfin, songe Marescot, il est à moi sans être à moi... je suis bien le seul à savoir que je tiens dans mes mains le sort de quelqu'un que je ne connais pas, qui ignore que j'existe, à qui j'aurai peut-être l'occasion de proposer la liberté... ou bien, s'il ne me plaît pas... Bon, bon..., s'interrompt Marescot, je ne serai jamais un maître chanteur. Mon lot, à moi, c'est d'être un de ces collectionneurs qui possèdent clandestinement un Rembrandt et sont condamnés à n'en parler jamais.

C'est pourquoi il est un peu triste quand il repart. Il marche vite. Il pousse le verrou de son petit appartement, décroche le téléphone, se frotte les mains, puis remue les doigts comme s'il en faisait tomber de la poussière. Le musée, maintenant. Qu'il est beau, ce saurien, évoqué avec tant de précision qu'on ne pourrait décider si c'est un caïman, un alligator, un gavial ; en tout cas, c'est une bête qui digère paresseusement, la queue ramenée avec modestie le long du flanc.

Marescot prend enfin le temps de l'examiner à loisir. Il n'avait pas remarqué que l'animal se détache en léger relief. On pense à certains plats de Bernard Palissy, ornés de lézards en ronde bosse. Pourquoi cette fantaisie. En vérité, non, ce n'est pas un caprice de l'artiste. C'est une commodité pour le chasseur. La main s'ajuste plus étroitement sur le manche ainsi travaillé : le crocodile s'avance vers le chasseur, gueule ouverte, et l'homme, au moment où les mâchoires vont se refermer, présente verticalement son poignard, les coinçant ainsi en position d'ouverture. Et pour qu'on ne s'y trompe pas, il y a même une inscription sur la lame : *Australian crocodile*. L'ensemble, manche et lame, est doré. C'est ce qui a fixé l'attention du criminel et, aussitôt après, celle de Marescot, et c'est pourquoi le couteau brille, au centre des bibelots de la collection, comme la pièce la plus rare. Non, il faut bien se garder de l'essuyer. Il n'est pas là comme un objet endormi dans la beauté, mais comme, en quelque sorte, un couteau en exercice, un couteau en train de tuer. La main qui le

tenait est encore visible, ces trois empreintes rappro-
chées et fortement imprimées sur l'acier laissent
deviner encore l'énergie qui les a produites. Chose
curieuse... Marescot s'arme de sa loupe de collection-
neur — ces empreintes ne sont pas celles, dans l'ordre
et de bas en haut, d'un annulaire, puis d'un médius,
puis d'un index, l'arme étant tenue à pleine main,
pour frapper de haut en bas, mais au contraire dans
l'ordre inverse, index près de la base du pouce, puis
médius et annulaire dont le pli de la phalange
inférieure est nettement marqué, ce qui signifie que le
couteau était tenu de manière à frapper à l'horizon-
tale, visant le flanc plutôt que le dos, mais les
journaux ne manqueront pas de décrire la blessure !
Et moi, pense Marescot, je sais d'avance que
l'homme courait et qu'il tenait son couteau pointe en
avant et non pas pointe en bas. Cette réflexion
l'enchante. Il voudrait aller plus loin, et de proche en
proche déduire l'assassin, l'enfermer dans un filet de
petits détails précis comme dans une cage. Si, au lieu
d'être un homme c'était une femme, il serait déjà
épris d'elle parce qu'il l'aurait forcée à venir se
matérialiser dans le cercle magique de son incanta-
tion. Ce serait une reine. Il allume une Craven, se
promène un moment dans son musée-laboratoire.
C'est amusant, cette idée qui lui est venue de capturer
une ombre ; de lui donner la vie à petites touches.
Savoir, par exemple, si la femme assassinée est allée
en Australie, si le couteau et le crocodile font
mystérieusement partie de cette destinée. Bien sûr

que non ! Il sait bien qu'il demeure le maître de ses fantasmes, mais quel bonheur s'il pouvait vraiment les gouverner à son gré. Déjà, c'est une joie que de se dire : « Il faut que je rentre chez moi — pas le chez-moi hanté par ma mère ! L'autre ! Le vrai ! celui où m'attend l'inconnu au couteau !... » Il sent que, maintenant, il ne cédera plus à ces horribles mais si délectables tentations... Il possède plus et mieux que ces bibelots qui lui ont coûté tellement d'affreuses angoisses ! Il est comme repu, gavé, rassasié. Il y a en lui une source intarissable d'émotions. Car le moment viendra où il fera la connaissance de son esclave. Bien sûr, esclave ! Puisque l'assassin sera obligé de se soumettre sous peine d'être dénoncé. Ah ! comme il va falloir être habile, rusé, adroit. Posséder un prisonnier sans provoquer un conflit ! Avoir un captif reconnaissant ! Voilà ce que moi, Pierre Marescot, je suis capable de m'offrir.

Chapitre 4.

Marescot est allé prendre son petit déjeuner dans la brasserie du boulevard. C'est encore là qu'on peut recueillir le plus d'informations. Il y a, à proximité, un kiosque à journaux et puis, pour peu qu'on ait l'oreille fine, il y a surtout, autour du bar, les commentaires des clients ; pour les gros titres, on n'a que l'embarras du choix : « Meurtre aux Nouvelles Galeries », « Le crime inexplicable des Nouvelles Galeries », « Un assassin frappe en public », « Le Photomaton sanglant »... Marescot hésite avec gourmandise : *Libération ? Le Figaro ? Le Quotidien ?* Il se décide pour la plus belle photo, celle qui représente, à demi caché par le rideau noir, le siège du sacrifice. Il emporte le journal plié sous son bras et va se commander un café. Le garçon lui tend son briquet allumé. Il s'appelle Gaston. Il connaît bien Marescot.

« Vous avez vu ça, maître ! C'est un monde, quand même ! Se faire descendre en public, car enfin ce Photomaton, c'est un endroit public. Et la pauvre fille, il ne l'a pas ratée !

— Quelle fille ?

— La morte, bien sûr ! Vingt-trois ans ! Si c'est pas malheureux ! Mais vous n'avez donc pas ouvert le journal. »

D'autorité, il tire à lui le journal de Marescot, le déploie, montre l'article en première page, et Marescot a l'impression que c'est à lui qu'on fait les honneurs de la presse. En sous-titre, cette phrase : « L'horrible mort de Djamila Hafez. »

« Un coup de couteau ! » dit le garçon. Il se passe sous le menton le tranchant de la main. « Tac ! Et c'est plein d'acheteurs, tout autour ! Oui ! Voilà... Voilà ! Un thé léger ! »

Il s'éloigne, Marescot est tellement secoué qu'il n'a pas la force de lire. Djamila Hafez ! Quoi ! Une Algérienne ? Une Marocaine ? Et pourquoi pas ? Il pense : « Au contraire ! Plus le crime est insolite et plus l'assassin sera intéressant. » Cette fois, il a hâte de lire.

« Il était 11 h 25 quand Michel Lapointe, chef de rayon du groupe trois, passa par l'allée dite du Photomaton, endroit peu fréquenté où il n'est pas rare que quelque employé, fatigué par un service exigeant, vienne allumer une cigarette malgré les consignes très strictes de sécurité. »

Marescot n'a pas le temps de déguster ce genre de prose. Il saute de ligne en ligne... « Morte sur le coup »... Bon ! Mais comment a-t-elle été identifiée ? .. Par son bracelet ! Ah oui, c'est logique. L'inscription en caractères arabes... A partir de là, facile de remonter la piste. C'est égal ! Ils ont été vite... L'autopsie dira si... oui, compris ! L'autopsie dira que Djamila... Tout ça est d'une banalité !... Qui veut parier avec moi qu'elle était enceinte de deux ou trois mois... et alors ! Et son compagnon, comme on dit maintenant, a soupçonné qu'il n'était pas le père... et voilà ! Pas de quoi en faire un plat. C'est comme si ce couteau ne tenait pas ses promesses ! Marescot chasse les petites miettes tombées de son croissant. 8 heures. C'est le moment d'aller embrasser sa mère, mais rapidement, comme d'habitude, sinon elle se douterait de quelque chose. Djamila ! C'est joli. Cela fait caniche ! Forcément, l'homme est arrivé par-derrière. Il n'a pu la voir qu'en silhouette ! Mais pourquoi n'a-t-il pas lâché aussitôt le couteau ? Le sang, dans la minute même, devait dénoncer l'agression ! Bizarre ! Plus il réfléchit sur ce détail et plus il se persuade que le criminel avait perdu la tête. Pressé de fuir, il n'avait même pas remarqué qu'il tenait toujours l'arme. Il n'avait jamais eu l'intention de la remettre où il l'avait prise. Au contraire, il l'avait lâchée en revenant sur ses pas, sa mémoire recommençant à fonctionner à la vue du comptoir aux couteaux. Ce qui dénoterait un affolement s'accordant mal avec l'audace de l'attaque. Il faudra revoir tout ça de près. C'est du dessert pour plus tard. Déjà, quand il était petit, il ne dévorait pas son Tintin hebdomadaire. Il flânait d'abord autour des images, essayait de s'expliquer leur enchaînement, ou bien s'arrêtait longuement devant certaines qui le frappaient particulièrement. Et ce couteau sanglant, c'est un peu du Tintin !

Quand il se penche pour embrasser la vieille dame, elle dit :

« Tu as oublié de te raser.

— C'est vrai. Je ne sais pas où j'avais la tête !

— Tu te rappelles que tu dois recevoir Mallart !

— J'y pense ! »

L'emploi du temps de l'avocat, elle le connaît si bien que Marescot n'emploie sa secrétaire qu'un jour sur deux et pour les besognes les plus urgentes et les moins intéressantes. Le gros du travail se fait en tête-à-tête, dans le bureau de Marescot. La vieille dame sait se tenir à sa place. Elle n'est qu'une confidente, mais de si bon conseil qu'on gagne toujours à la consulter. Elle a déjà, pendant longtemps, secondé son mari, et c'est elle, au fond, qui aurait dû porter la toque, l'hermine, les médailles, tout ce que Marescot, quand il entre en rébellion, appelle le saint-frusquin, car s'il a choisi d'être avocat, c'est parce que, de loin en loin, il prend un plaisir sacrilège à narguer le défunt, à défendre des crapules que le juge se serait fait un devoir de mater, et par la même occasion à provoquer sa mère en déclarant tout net : « C'est moi qui décide, à la fin ! » Elle cède d'un pas, comme un duelliste qui connaît les feintes... « Bien sûr, mon chéri ! » Et déjà, elle manœuvre, sûre de gagner en y mettant le temps qu'il faut.

« Mallart, dit-elle, tu ne crois pas qu'il triche ? Rien qu'à voir la façon dont il s'habille ! »

Allons ! On ne va pas commencer à se disputer sous prétexte que Madame mère ne peut admettre que son fils fasse appel, de temps en temps, à un détective privé. C'est peut-être utile, mais c'est mal élevé ! Sur ce point, elle est intraitable ! Ils s'installent, lui au bureau, dans le vaste fauteuil de style Empire — tout est de Napoléon, ici, jusqu'à la pendule —, elle, tricot en main, lunettes sur le front, les pieds sur son tabouret à cause des varices. On ouvre le classeur, on en retire des lettres, des doubles, des minutes, la paperasserie dans laquelle se dérobe un carton d'invitation auquel il faut répondre mais où se cache-t-il ?

« Je n'y ai pas touché ! » proteste-t-elle, sentant venir le reproche. « Mon pauvre enfant ! Je ne sais pas quelle vie tu mènes... enfin, ça ne me regarde pas. Heureusement que je me rappelle... C'est chez le bâtonnier que tu es invité.

— La barbe !

— Dans ta position, tu dois y aller ! Qu'est-ce qu'on dirait !

— Bon. Mais c'est bien pour toi ! »

Une note à l'intention de la secrétaire. Une note, aussi, destinée à Mallart, et tant pis, ce sera tout pour ce matin. Marescot a d'autres projets. Il se lève.

« Excuse-moi, maman. J'allais oublier. Il faut que je sorte.

— Où vas-tu ?

— Au Palais.

— C'est si urgent ?

— Oui.

53

— Pourquoi ne m'en as-tu pas parlé ? Est-ce que tu comptes déjeuner avec moi ?

— Bien sûr ! »

Il a répondu au hasard. Il n'en sait rien. La vérité, c'est qu'il a besoin d'être seul pour arrêter une ligne de conduite. Il n'a aucune envie de se débarrasser du couteau. Mais le garder, ça engage à quoi ? Dire qu'il l'a ramassé, c'est follement imprudent.

« Vous étiez donc aux Galeries à l'heure du crime ? »

Et de fil en aiguille..., ah ! ils sont tous très forts... Il les connaît. Il les a vus à l'œuvre. Ils savent interpréter la moindre hésitation, la plus petite crispation des lèvres. « Vous alliez dire quelque chose d'important, maître ? » On croit que l'aveu, cela vient d'un coup, comme un vomissement. Eh bien, pas du tout ! Ce n'est pas la voix qui trahit. L'aveu se développe sourdement, dans tout le corps, comme une tumeur. Il s'empare des doigts qui se mettent à trembler. Il s'invente des tics, des battements de paupières, des pâleurs subites... « Une cigarette, maître ? » Et il y a une espèce de métastase, embusquée quelque part dans la bouche, qui force à fumer vite, à grosses bouffées qui font tousser. Ils auraient tôt fait de comprendre, tout en parlant gentiment de ce couteau australien, qu'ils ont affaire à un kleptomane. Voilà ! L'horrible mot est dit, ce mot qui terrifie Marescot : un mot qui n'a encore jamais été prononcé par personne, mais il suffirait qu'il fût chuchoté rien qu'une fois et Marescot serait sur-le-champ une sorte

54

de lépreux, et même pire : un personnage de carnaval, habillé mi-partie en gendarme, mi-partie en voleur, la risée du Palais, la honte de la fière lignée des Marescot. Pas étonnant si, parfois, il heurte un passant... Oh ! pardon !... Il va où il ne voudrait pas aller. Il entre aux Nouvelles Galeries. Son pas s'affermit ; c'est sans doute ce sentiment de bien-être crispé, cette euphorie du drogué, qui ranime ses forces. Sans hésiter, il retourne au comptoir de la coutellerie, peu fréquenté à cette heure. Il y a là le vendeur qui s'ennuie et qui est ravi d'avoir à bavarder avec ce monsieur distingué.

« Le couteau au crocodile... oui, parfaitement, je m'en souviens. Il était là, parmi les couteaux exotiques, vous voyez, les polynésiens, les malgaches, ce sont plutôt des armes de collection. Malheureusement, je ne l'ai plus. On me l'a volé. Avant-hier. Le commissaire pense qu'il a peut-être servi à commettre le crime du Photomaton, mais c'est une simple supposition. Pensez ! Sans le couteau, qu'est-ce que vous voulez prouver ?

— Et surtout sans les empreintes ! objecte Marescot.

— Oh ! de ce côté-là, c'est cuit ! Vous pouvez regarder. Souvent les visiteurs sont gantés ! C'est curieux mais les gens s'habillent quand ils viennent ici. Vous comprenez, pour eux, c'est aussi une promenade ! »

Marescot n'avait pas songé à cet aspect du problème. Il en oublie les questions qu'il voulait poser.

« Vous pouvez toucher, dit le vendeur. Les amateurs, les vrais, veulent tous tâter le fil de ces couteaux. C'est pour ça qu'on se fait voler. A part les grands formats, c'est tellement facile de cacher un couteau ! Ça n'a pas d'importance, notez. Ils sont tous en promotion. Alors ce n'est pas une grosse perte.

— Si bien que vous ne surveillez pas tellement votre stand ?

— Oh ! si, quand même ! Mais quand il y a de la presse, on ne peut avoir l'œil partout !

— Et maintenant ?

— Oh ! maintenant, la police ne me perd pas de vue. Il y a des inspecteurs qui patrouillent. Mais vous pensez bien que celui qui a fait le coup ne va pas revenir traîner par ici.

— Je vous remercie ! » dit Marescot.

Machinalement, il se dirige vers le bar. Cette histoire de gants ne soulève aucune nouvelle difficulté. Si l'homme portait des gants, eh bien, il s'est déganté pour mieux ajuster son coup. Non, ce n'est pas ce genre de problème qui fait obstacle. Alors quoi ? Marescot l'ignore mais il sent qu'il y a quelque chose qui ne va pas. Ce n'est pas du côté du couteau qu'il faut chercher. Mais plutôt du côté de la morte. Et puisqu'il peut disposer des services d'un détective privé, il ne serait peut-être pas mauvais de le mettre sur la piste de cette Djamila. Toute l'affaire pue le drame passionnel, mais imaginons que la police arrête l'assassin, on peut toujours s'offrir pour le défendre en demandant l'appui du bâtonnier. Marescot a déjà usé de la complaisance de la police, pas pour des procès bien retentissants mais quand même, on a parlé de lui, en mal, d'ailleurs... « Celui-là, il sait se pousser. S'il n'était pas le chouchou de qui vous savez... », etc. La médisance rabâche. C'est pourquoi il ne la craint plus. Tout ce qu'il demande, c'est de quoi s'occuper, au jour le jour, pas pour gagner de l'argent — sa mère en a — mais pour fureter dans des vies ratées, et se dire : « Il n'y a pas que moi ! » Surtout ces minables histoires d'amour, qui finissent par le dégoûter tant elles sont banales. Mais l'amusant de la chose, c'est qu'il faut les embellir, justement, étaler du pathétique sur leurs querelles usées comme on colmate une fuite, faire retentir le cri de la passion là où l'on n'entend claquer que des gnons. La passion, qu'est-ce que c'est ? Il n'en connaît qu'une : celle qui le conduit, d'allée en allée, comme le chasseur de sillon en sillon, à la recherche de sa proie. Les femmes ? Sans intérêt ! Mais la chose qui brille, qu'on voit de loin... « Qu'est-ce que c'est ? » D'avance, on interprète : « C'est un poudrier... non, c'est une montre... non c'est une boîte à pilules... en ivoire ? Plutôt en nacre. » Il faut s'approcher, tâter des yeux, puis toucher et se transformer en acteur, en amateur intéressé, qui soupèse, ouvre, ferme, repose à sa place avec un hochement de tête qui marque l'intérêt, le désir retenu, mais c'est décidément un peu cher ! Le vendeur qui s'était avancé tourne le dos. Minute divine ! La petite merveille est déjà dans la poche. Et alors ? Si, au lieu d'un objet, c'est une femme ? Vous irez flairer, soupeser, toucher ? Mais non ! Il va falloir commencer à ruser, à mentir, toujours la même comédie qu'il connaît par cœur. Il n'y a que le tarif qui varie, selon que la cliente lui fait perdre plus ou moins de temps en lui racontant sa vie ! La vie des autres ? Il s'en fout ! Il coupe court. « Faites-moi confiance ! J'arrangerai cela ! Ecrivez-moi encore deux ou trois lettres dont je pourrai citer quelques phrases, mais des larmes, hein... du style... Au besoin, je vous dicterai !... Le procureur protestera. Le juge me menacera. Tout le monde vous plaindra. » Seulement, quand on s'appelle Djamila, qui sait ? Si l'assassin acceptait de coopérer ? Ça vaut peut-être le coup, Djamila ! Marescot vide sa tasse. Un dernier coup de langue pour attraper le sucre déposé au fond. C'est dit. Un : se procurer des photos décentes ! Ce que publie la presse est ignoble. Deux : chercher des renseignements précis. Une femme qu'on tue à tout prix, quels que soient l'endroit et l'heure, une telle hâte, une telle sauvagerie, c'est un bon point pour l'assassin ! Cela prouve qu'on se trouve en présence d'un fait divers hors série ! A Victor de le prouver. Il l'appelle familièrement Victor, ce pauvre bougre de détective, râpé, usé de visage comme de vêtement et dévoué comme un chien sorti d'un refuge. Mais débrouillard, d'une façon qui ne s'explique pas. S'il y a un mystère Djamila, il saura le subodorer. Il possède les deux adresses, celle de la maison et celle du pied-à-terre. En cas de nécessité, il laisse un mot dans l'une et l'autre boîte aux lettres. Marescot aime bien cette façon de procéder qui lui rappelle la pêche aux écrevisses. On ouvre la boîte exactement comme on lève un filet et on ne sait pas ce qui a été attrapé, fretin ou belle pièce, petite feuille de carnet pliée en quatre ou lettre officielle. Aujourd'hui, c'est la feuille de carnet « Téléph. au commissaire. ». Victor a conservé de lointaines études secondaires l'habitude d'employer pour abréger les lettres de l'alphabet grec. Le « pH » devient un phi. Il a, le pauvre bonhomme, de ces élégances de vieux beau. Très bien ! Passons voir le commissaire. A la P.J. on est brusquement au cinéma. Le bruit de fond, c'est le téléphone. En plan rapproché, c'est la machine à écrire. En gros plan, c'est le bruit d'une dispute. Atmosphère de tabagie. Marescot s'interdit de fumer une de ses Craven depuis qu'il a entendu, derrière une porte mal fermée, un jeune inspecteur dire « Ça fait gonzesse ».

« Ah ! vous voilà ! dit le commissaire. Venez voir. »

Dans une petite pièce entourée de classeurs, il y a un magnétoscope et un poste de télé.

« Asseyez-vous. L'installation n'est pas jeune mais ça suffira. Regardez. »

Et l'image qui surgit est celle d'une grande surface en pleine activité.

« Vous reconnaissez ? demande le policier. Nous sommes aux Nouvelles Galeries, c'était avant-hier, oui, la veille du crime. Ce qu'on voit, c'est la caisse du rayon des disques, filmée par la caméra de surveillance. Et maintenant, là-bas, cet homme qui s'éloigne du côté de la parfumerie... On ne le voit que de dos, mais cette imperceptible claudication... Oui, parfaitement, mon cher maître, c'est vous. J'avais bien entendu raconter que vous boitiez très légèrement.

— Je ne boite pas ! rectifie sèchement l'avocat. J'ai seulement une petite faiblesse dans la jambe gauche... Une attaque de polio il y a plus de trente ans. Alors, il m'arrive de boitiller, quand je suis fatigué.

— Excusez-moi, s'empresse le commissaire. Je note simplement ce détail, qui m'a beaucoup frappé quand j'ai étudié ces enregistrements, parce qu'il permet d'avoir un bon renseignement, enfin ! Cette prise de vues couvre 30 minutes environ. Il aurait pu se faire qu'à cette heure-là... 11 h 45... Vous ayez croisé la victime.

— Je me promenais ! explique Marescot. J'habite tout à côté et j'aime l'ambiance d'un grand magasin.

— D'accord, d'accord. Mais cette fille était belle. Les hommes, j'en suis sûr, se retournaient sur elle. Alors j'ai pensé : " Supposons qu'elle se soit trouvée en compagnie de quelqu'un. M. Marescot la croise, la regarde et remarque aussitôt la personne qui est avec elle... "

— Que de coïncidences ! dit l'avocat.

— Oui, évidemment. Mais c'était un point à vérifier, vous ne croyez pas ? Eh bien, tant pis ! Vous ne l'avez pas vue ?

— Non, je regrette. J'ignore tout d'elle.

— Oh, je n'en sais pas beaucoup plus. Elle était la maîtresse d'un steward d'Air France, Gaston Mollinier. Il fait la ligne d'Athènes. Le jour du crime, il n'était pas à Paris. Ça, du moins, c'est vérifié. Un sacré cavaleur, ce Mollinier, si j'en crois les premiers rapports. Marié et divorcé. Heureusement, il n'a pas d'enfant. Son ex-femme lui fait des histoires parce qu'il ne lui verse pas sa pension.

— Eh bien, dit Marescot, il y a peut-être à gratter, de ce côté-là !

— Mais on gratte, mon cher maître, on gratte ! Comme si vous ne me connaissiez pas ! Seulement j'avoue qu'il n'y a pas grand-chose à gratter ! Son ex-femme, Gaby, a trente-quatre ans et un caractère qui en a le double, à ce que j'ai pu constater. Ça s'appelle Gaby, comme une hôtesse de charme, et ça vous reçoit toutes griffes dehors !

— Vous l'avez déjà interrogée ?

— Oui, pour voir, pour tâter le terrain. Je flaire, là-dessous, une affaire de bonnes femmes, surtout que la petite Djamila ne se contentait pas de son steward ! Elle s'envoyait aussi le commandant de bord, mais celui-là travaille sur la ligne de New York, de sorte qu'elle en avait toujours un sous la main ! Et, curieuse coïncidence, le Boeing de New York s'est envolé à 15 heures. Alors crime à midi, départ à 15 heures, ça pourrait coller ! D'ailleurs, vous trouverez tout ça dans la presse. Ces bougres-là ont toujours sur nous une longueur d'avance ! Mais cette fois,

61

passé la première émotion, ils en seront réduits à inventer.

— Comment ça ?

— Allons, maître, vous me faites marcher ! Réfléchissez ! En apparence, rien de plus simple que cette affaire ! De toute évidence, c'est un amant jaloux qui a tué ou qui a payé un tueur. Mais quelle preuve avons-nous ? Pas d'indices. A qui appartenait l'arme ? Mystère. Pas d'empreintes puisque l'arme a disparu. Pas de témoins ! Et ça, c'est le plus fort ! Même pas d'images ! La caméra la plus proche balayait le secteur des bagages : valises, sacs, attachés-cases et ainsi de suite. En résumé, nous avons comme suspects Gaby Mollinier et les deux aviateurs, c'est-à-dire personne, car la Gaby n'avait pas intérêt à supprimer son unique source de revenus, et les deux hommes n'auraient pas de peine à se disculper. Maintenant, oui, il nous reste la petite Djamila ! C'est à voir ! Si elle vivait comme une call-girl, on devrait trouver trace, autour d'elle, de pas mal d'autres hommes. Vous n'en étiez pas, par hasard ? Je plaisante, évidemment. Excusez-moi, maître ! Et, bien entendu, si, de votre côté, vous appreniez quelque chose... je sais, je sais ! Le secret professionnel !... Prévenez-moi quand même. Je n'oublie pas que vous venez souvent flâner ici. »

Marescot va s'interroger longtemps sur le sens de cette phrase ! Sa journée est fichue ! Il ne suffit pas d'avoir un estomac à plusieurs poches pour ruminer. Son esprit est ainsi fait que la même pensée est décomposée, analysée, scrutée en mille significations tantôt complémentaires, plus souvent contradictoires, dont chacune pique, brûle, démange... Bien sûr je flâne! Et si ça me plaît de flâner? Et je flânerai encore! Parce que c'est mon métier de flâner, commissaire! Et ce n'est pas vous qui m'en empêcherez! N'empêche que je ferais peut-être mieux de ne pas aller si souvent aux Galeries! Mais vous l'avez dit vous-même : Pas d'indices. Pas d'empreintes. Pas de témoins! Eh bien, moi, je les ai, les indices, les empreintes, les témoins! Et c'est ce qui me donne, à *moi,* le droit de flâner!

Chapitre 5.

Marescot a tort de mépriser les photos qui paraissent dans les journaux. Celle qui figure dans *Le Figaro* est excellente et il la découpe avant même de lire l'article qui l'accompagne. Joli visage étroit, que d'énormes boucles d'oreilles allongent et alourdissent. Mais tout est joli ! Le regard malicieux, le sourire retenu, la bouche moqueuse... un ensemble frais, pas encore détruit par la vie nocturne et ce que Madame mère appelle « la noce ». Ce n'est vraiment pas la fille à se contenter des photos d'un Photomaton. Il est plus logique de penser qu'elle était poursuivie et, prise de panique, elle a cherché refuge dans le premier abri venu. Mais pourquoi poursuivie ? Marescot rêve un moment en fumant une cigarette. Le couteau est devant lui, sur la table basse où il rédige les étiquettes de son musée. Les traces rougeâtres laissées sur le manche quand le sang a séché font apparaître des empreintes d'un dessin parfait. Marescot est décidé à les photographier mais il hésite encore parce qu'il ne dispose que d'un matériel d'amateur. Or, si un jour il doit, pour une raison quelconque, produire ces photos, encore faut-il qu'elles ne soient pas contestées. Tout est là, le pied déplié et bien équilibré, le Minolta réglé... distance, ouverture, tout va bien, le flash vérifié... mais Marescot aime bien prendre son temps ; le temps, ça se déguste. Avant de photographier, il est bon de se poser des questions. Ces photos, qu'est-ce qu'il en fera ? D'abord, il les mettra à l'abri, dans son coffre de la B.N.P. Il n'en gardera qu'une, dans son porte-feuille, pour la regarder de temps en temps et se dire : « Moi, j'ai fait cela. » C'est comme une réserve de force et de courage qu'il se constitue. Et il sait bien pourquoi ! Parce que le moment viendra où la police mettra la main sur un suspect et alors il se produira ceci : coupable ou innocent, le suspect sera condamné pour calmer l'opinion publique et il faudra choisir : livrer les empreintes et par conséquent le couteau pour sauver l'innocent et confondre le coupa-ble, ou bien se taire et ouvrir un débat de conscience qui n'en finira plus. Or, s'il ne veut pas que l'on sache comment il s'est procuré le couteau (horreur de l'aveu), il doit, dès maintenant, se condamner à se taire ! Et il aura grand besoin, en une telle détresse, de la contempler, cette photo, d'y puiser l'énergie de s'enfermer dans son silence. Il fume nerveusement. Il se répète : lui, il a tué. Mais moi, j'ai volé. Si je l'accuse, je m'accuse ! Il est vrai que je peux envoyer le couteau à la police sans dire qui je suis. Mais alors c'est vis-à-vis de moi-même que je commettrai une espèce d'injustice.

Il essaie vainement de bien faire le tour de cette idée. Elle est dangereuse. Car si, par malchance, on parvenait à situer le donateur anonyme...

On ne sait jamais! Ils ont, à la police, des ordinateurs tellement perfectionnés. Ce serait la catastrophe! C'est lui qu'on prendrait pour l'assassin, ou pour un complice, et toute cette partie de lui-même qui ne doit pas, qui ne doit jamais venir au jour, serait férocement offerte à la foule! Mais rien n'est encore décidé. Marescot est libre et c'est cette liberté qu'il goûte. Il fait plusieurs fois le tour de son domaine. Le danger n'est après tout qu'un danger d'imagination. Rien, à l'extérieur, ne le menace. S'il y a menace, c'est lui qui la nourrit. C'est comme s'il avait près de lui un petit fauve qu'il est amusant d'agacer!

« Allez! on se la fait, cette photo? »

Il aime bien s'adresser à lui-même, se traiter en vieux camarade un peu timoré, qu'il faut bousculer. Avec les précautions d'un alchimiste, il se livre à une dernière vérification et ça y est! Le sort en est jeté! L'image est dans la boîte. Les empreintes sont prisonnières de son bon plaisir. Il s'assoit dans son fauteuil. Il s'est tellement concentré qu'il est fatigué comme après un exercice violent. Mais sa tâche est loin d'être finie. D'abord, il va transporter le couteau dans le coffre de la banque. Se séparer de lui, c'est un vrai déchirement. Bien sûr, les trois gros plans qu'il vient de prendre sont là comme une portée de petits monstres qu'il se réserve d'installer en bonne place dans son musée. Mais ce n'est pas pareil. Une bonne part de la poésie du couteau a disparu, car il a fallu, là-bas, s'en saisir, l'emporter parmi la foule, et c'est cette émotion de rapine, de maraude, à la fois terrifiée et triomphante que ces photos ne pourront transmettre. Hélas! C'est ce bouleversement qu'il est impossible de partager. Avec qui? Qui serait digne de venir admirer le musée du Défi, amoureusement collectionné pour produire une certaine forme de provocation, mais Marescot n'a pas encore réussi à pénétrer le sens dernier de cette merveilleuse ébriété. Son vœu le plus ardent, maintenant, c'est que l'enquête de police n'avance pas trop vite et qu'on lui laisse, en quelque sorte, le temps de se retourner. Il rédige une note qu'il colle au bas des épreuves : *voir* B.N.P., *n° 014.* Ainsi le couteau est fiché d'une manière qui n'a de sens que pour lui. Reste à l'envelopper dans du papier de soie en évitant un contact trop appuyé entre les empreintes et le papier. Ensuite, les trois photos sont alignées côte à côte sur un rayon spécial afin que le regard, quand on entre dans la pièce, tombe sur elles. Un visiteur ne manquerait pas de demander : « Qu'est-ce que c'est? » Mais il sera le seul visiteur et c'est lui qui posera la question, pour le plaisir. Mon Dieu, que la vie réserve donc des joies pures quand on a des goûts modestes. Il décide d'aller boire son café aux Nouvelles Galeries.

Il y a plus de monde que d'habitude. Le crime fait

marcher les affaires. Marescot, avant d'entrer, achète *Le Quotidien*. Un rapide coup d'œil. La police suivrait une piste. C'est toujours ce que disent les journaux. Il se choisit une place un peu à l'écart. La musique est supportable malgré le sourd halètement de la batterie. L'odeur un peu trop insistante du désinfectant évoque une halle aux poissons, mais à tout prendre ce n'est pas désagréable. Marescot est sensible à ce dépaysement. Tout doucement, il dénoue les amarres. Il est ailleurs. S'il s'écoutait, il se hâterait de payer son café et de prendre le large, l'œil partout, les mains vigilantes. Mais il se retient. Il est venu pour lire la presse, et il est déçu. Rien. Juste quelques lignes pour avancer qu'on a en vue un suspect. Pardi! Ce steward! Pas d'empreintes! Pas d'arme! Confortable certitude qui renforce le plaisir d'être là, de se dire qu'on est innocent-coupable, un peu de l'un, un peu de l'autre, à soi tout seul, en somme une race à part. Il avait déjà compris cela, en choisissant d'être avocat, c'est-à-dire par excellence le coupable à l'essai, celui qui s'efforcera d'être à la fois du côté du mal et du côté du bien et de part et d'autre le plus convaincu. Mais, depuis le crime, il ne se reconnaît plus tout à fait. Ce qui est neuf, c'est l'attrait de l'objet convoité. On ne pense pas : cela n'est pas à moi. On pense : cela, c'est du moi en exil, du moi à rapatrier! Voilà ce qu'il développera si, un jour, il est pris en flagrant délit. Mais pourquoi présenterait-il déjà sa défense, alors que tout lui sourit et qu'il est un coupable heureux! Maintenant, il marche pesamment. Il n'a pas beaucoup dormi, en dépit d'un somnifère d'habitude efficace. Il a dit à sa mère qu'il avait quelques courses à faire. « Déjà de mauvaise humeur! » a-t-elle noté, de sa voix le plus détachée, comme un huissier faisant un constat. Ah! lui crier la vérité au visage! « Oui, je vole, et même mieux, je barbote, je pique, je chourave, j'envoie tout promener, les conventions, les politesses, et, si tu veux savoir, je suis, malgré mon nœud papillon, ce que tu appelles dans ton jargon " un mauvais sujet ". » Mais ces éclats lui restent dans la gorge parce que, maintenant, il est en train de glisser du côté d'une certaine délinquance qui lui fait chaud et lui donne ce pas plus assuré. Ce n'est pas vrai : il n'est plus moitié-moitié, mi-honnête et mi-affranchi. Il penche, comme s'il était à la veille de s'accepter. Alors, qu'on ne vienne plus lui faire la leçon! Il a passé l'âge!

Il dépose son précieux fardeau dans son coffre de la B.N.P. Voilà. Ce couteau est un otage. Si, par impossible, il portait les empreintes de quelque personnage important, quel merveilleux moyen de chantage! Rien de plus facile que d'envoyer à l'étourdi la photo de ses empreintes, assortie d'un avertissement bien sec : *Un million contre le crocodile*. Et puis pourquoi un million? pourquoi pas dix millions? Tout en remontant l'escalier, Marescot se morigène. Il ne voit pas assez grand! Il est encore trop semblable à ces employés appliqués, zélés, dont il a aperçu, derrière leurs guichets, les calvities studieuses! Il sait oser, pourtant ! Mais pas encore assez ! Et même il aurait vite un peu honte de n'être, à tout prendre, qu'un petit kleptomane névrosé, un petit gibier de psychiatre. A Dieu ne plaise qu'il aille consulter ! Pour s'entendre dire : « ménagez-vous ! » Ce serait pire qu'une insulte !

Marescot s'arrête. Attention ! Il découvre ce qui le tourmente. Il vient d'agir en pleine conscience, comme un petit rentier qui s'enferme pour détacher ses coupons. Ou bien comme un voleur qui vient cacher ce qu'il a dérobé. Mais quoi ! Il n'est pas un voleur. Il fait demi-tour, se contente de dire à l'employé : « J'ai oublié quelque chose », et il reprend le couteau. Son cœur bat. Il est à la fois heureux et triste, heureux parce qu'il a retrouvé son trésor, plus précieux qu'une lettre d'amour. Folie d'avoir songé à se séparer de ce mince paquet qui, dans sa poche de poitrine, déploie sans même qu'on y pense l'énergie d'un pacemaker. Mais il est triste parce que le couteau, en tant que pièce à conviction, n'est pas négociable. Pas moyen, si aux Nouvelles Galeries on le priait fermement de passer chez le directeur, d'offrir une transaction, de dire : « Je l'achète au prix que vous voudrez. » Ce qui fait le vol, c'est l'impossibilité de rembourser ! Il est donc un voleur en sursis ! Sa joie, sa peine, c'est, indivisiblement, son risque. Ah ! que c'est beau et que c'est sordide ! C'est pile ou face ! Viens, petit ! Il le tutoie, son crocodile ! Il le replace, avec des mouvements retenus de chirurgien, au centre de son musée. C'est ta vraie place. Personne ne viendra te prendre à moi.

S'il rentre chez lui, c'est par raison, en dépit de ce soleil de printemps qui, d'avance, pardonne toutes les faiblesses, et chaque passante est une fête de couleur et de parfum ! Mais à peine a-t-il refermé la porte que sa mère s'écrie du fond du salon : « On l'a arrêté. Ils viennent de l'annoncer aux infos... » « Les infos », à son âge ! Elle attrape comme des poux tous les tics de langage. Bon ! « Et alors, qui est-ce ? — C'est la maîtresse de ce pilote d'Air France ! »

Ouais ? Le commissaire n'avait plus le choix ! Il se trompe mais il gagne du temps ! Marescot court au-devant de sa mère. « Qu'est-ce que tu as entendu exactement ?

— Eh bien, ils croient que c'est sa maîtresse...

— Mais elle est morte !

— Oui, mais il y a l'autre !

— Quelle autre ?

— Ecoute ! Tu ne pourrais pas te calmer un peu ! Son autre maîtresse ! Celle d'avant ! Tu vas me lâcher, oui ! En voilà des façons d'interroger les gens ! Ça ne m'étonne pas si tu perds tous tes clients ! »

Marescot se laisse tomber dans le fauteuil qui était réservé au président en grande tenue, dans son portrait au-dessus de la cheminée, avec ses hermines, sa Légion d'honneur, et ce visage glacé, ces yeux bleus foudroyant le crime.

« Bon, dit-il. J'ai compris. L'assassin serait une femme délaissée.

— Oh ! rectifie la vieille dame, ce n'est qu'une hypothèse. Mais il paraît qu'il y avait eu des scènes violentes entre eux. Il s'agirait d'une certaine Yolande Rochelle. En tout cas, elle est recherchée... Et puis c'est tout ce qu'ils ont dit. On en saura davantage, au journal de 13 heures.

— Une femme délaissée ! murmure Marescot. Je n'en crois rien. Ce n'est pas un meurtre commis par une femme. Ils ont bien dit : Yolande Rochelle ?

— Oui. Le nom m'a frappée. C'est de La Rochelle que Julien m'envoie les huîtres... Je te prie d'aller fumer ailleurs, tu m'entends ? »

Non, Marescot n'entend pas. Il garde sa cigarette aux lèvres. Il la suce. Il crachote machinalement. Rochelle ! Ça lui dit quelque chose. Rochelle ! Il se lève brusquement.

« Paulette est arrivée ?

— Oui. Elle travaille sur le dossier Valabrègue.

— Bon, j'y vais. »

Il est déjà parti quand elle crie : « Tu déjeunes ici ? » et elle ajoute pour elle-même : « Il devient impossible. » Mais il a traversé l'appartement. Le dossier Valabrègue ! Il s'en moque. Ces affaires où il est la partie civile, ça ne l'intéresse pas. Mais Yolande Rochelle, oui, cela éveille des souvenirs. Seulement, c'est tellement loin ! Il était question d'un accident, auto contre passage à niveau, quelque chose comme ça ! « Ah ! Paulette. S'il vous plaît. Laissez tomber Valabrègue. L'affaire Rochelle ? vous vous en souvenez ? »

Bien sûr qu'elle s'en souvient ! Elle est une mémoire ! Pas un visage ! Pas une poitrine, pas un sexe ! Une mémoire. Un répertoire. Une ombre qu'on ne caresse pas mais qu'on feuillette. Rochelle ? Ça y est. Yolande Rochelle. Avait embouti la barrière d'un passage à niveau automatique, du côté de Volvic. En quelle année ?... Toc, sans une hésitation ! En 82... juin 82. Ce serait si ancien ? « Vous étiez déjà avec moi ?

— Bien sûr, maître.

— Je ne m'en étais pas aperçu ! Enfin, vous me comprenez ?

— Oh ! parfaitement !

— Si vous pouviez me retrouver le dossier ?

— Facile !

— Et cela s'est terminé comment ? J'ai perdu, naturellement ? On ne gagne pas contre la s.n.c.f. !

— Mais pas du tout. Vous avez obtenu des dommages et intérêts, au contraire. La barrière fonctionnait mal.

— Apportez-moi ce dossier, vous serez gentille. Il n'est pas trop gros ?

— Encore assez... Les rapports d'experts, vos notes...

— Bon, bon. Ce que je voudrais savoir, c'est ce qui concerne cette jeune femme.

— Pas si jeune, observe la secrétaire. Elle avait à l'époque trente-deux trente-trois ans. Vous trouverez tous ces renseignements dans une enveloppe spéciale.

— Passez-la-moi. Merci. Oh ! parfait ! Il y a même

des photos. Ça c'est la barrière démolie. Et le groupe, c'est qui ?

— Montrez, dit Paulette. Eh bien, justement, la personne qui est à la droite du monsieur en imperméable, c'est elle. »

Marescot l'étudie attentivement. Il y avait du vent qui faisait flotter les manteaux et voler les cheveux, mais le visage de Yolande était bien éclairé. Il ne peut s'empêcher de murmurer : « Elle n'est pas mal du tout !

— C'était il y a huit ans », observe venimeusement Paulette. Brune. Un teint qu'on devine doré. Un sourire plein de charme. Pourtant le paysage n'incline pas à la gaieté : des cailloux, des rails, des prés, des nuages. Marescot dit encore, pensivement. « C'est drôle ! Je l'avais complètement oubliée ! » Il retourne la photo, lit quelques brèves précisions : *Hôtel de l'Avenir, rue de Bellechasse...* Il rend à Paulette le document, mais ordonne : « A photocopier. » Le reste, la paperasse, les procès-verbaux, toute la tripaille juridique qui déborde du classeur, de la main, comme s'il s'époussetait, il fait signe qu'on enlève ça. Craven. Briquet. Méditation. Sans aucun doute, drame de la rupture. Le pilote d'Air France avait plusieurs maîtresses, donc plusieurs rivaux...

Et là, l'horrible pensée le pétrifie ! Rivaux, rivaux ! Et pourquoi pas rivales ? Rien ne prouve que l'assassin soit un homme ! Le couteau ? Eh bien, elle a pris ce qui lui tombait sous la main. Elle a frappé comme une folle, sans ajuster son coup. Il arrête Paulette au passage.

« Voulez-vous vérifier ! J'ai oublié son âge... »

Elle récite aussitôt : « Née à Bordeaux en 1950. Ça lui fait quarante ans ! Hé, hé ! Ça commence !

— Sans commentaire ! » coupe Marescot.

Mais c'est vrai. Elle a raison. Une maîtresse de quarante ans et, en face d'elle, la petite Djamila dans toute sa fraîcheur ! On peut comprendre les scènes, les crises de rage et, pour finir, le coup de couteau qui n'avait même pas été prémédité et que seule l'occasion avait provoqué. Ce serait presque trop facile à plaider ! Et puis, une meurtrière, c'est excitant, surtout quand on est seul à posséder les preuves. Il faut, sans tarder, envoyer Victor aux nouvelles. Mme Marescot se présente avec une tasse de café encore fumante.

« Allons, bois ton café. Ça t'aidera à réfléchir !

— Oui, oui, merci. Pose-le là ! »

Réfléchir ! Il en a soudain le feu aux joues ! Bon gré, mal gré, elle va avoir besoin d'un avocat ! Et comment ne se rappellerait-elle pas qu'autrefois, conseillée et guidée par un certain Pierre Marescot, elle a gagné un procès qui semblait perdu d'avance ? Or, compte tenu des circonstances, s'il est un avocat capable de la sauver, c'est bien cet homme-là. Mais pourquoi la sauver ? Ici, il faut être franc ! Il n'est pas question de dévouement ! Pas question non plus de publicité. Marescot se doit de constater qu'il ignore s'il est plus attiré par le désir de gagner ou par la tentation de perdre. Peut-être l'obscur besoin de savoir qui d'elle ou de lui est le plus fort !

Il prend son chapeau, ses gants, son attaché-case.

« Ton café ! » crie sa mère.

Il est déjà parti.

Chapitre 6.

Marescot regarde la photo du couteau. Il est assis dans son musée où il a installé son fauteuil à tout faire : travail, sieste, réflexions diverses. Il est soucieux, non pas que les événements soient en train de prendre un cours hostile. Au contraire ! La chance ne cesse de lui sourire. Si ce couteau pouvait l'entendre, il lui raconterait tout ce qu'il a vécu, depuis une dizaine de jours. L'arrestation, d'abord ! Elle n'a pas eu le temps d'aller bien loin, la fille Rochelle. D'ailleurs, elle n'a même pas songé à s'enfuir. Elle a attendu qu'on vienne la cueillir, où aurait-elle pu aller ? A l'*Hôtel de Bourgogne*. Où elle occupait une chambre sur la cour. Il fallait se baisser, pour s'asseoir sur le lit, tellement le plafond était en pente. Elle était ivre, d'après le récit de Victor qui tenait ce détail d'un ancien collègue. Mais attention, pas ivre à la façon grossière d'une ivrognesse. Ivre avec une grande dignité. Silencieuse, hautaine, une joue fardée, l'autre en cours de rafistolage.

« Où l'as-tu caché, ce couteau ? demandait l'inspecteur, qui avait l'habitude de tutoyer tous les suspects.

— Quel... Quel couteau ? »

Un très léger hoquet derrière la main en écran devant la bouche.

« Le couteau qui t'a servi pour la tuer !

— Par... Pardon... Je n'ai tué personne. »

On l'avait embarquée après avoir mis sens dessus dessous ses pauvres affaires. Aussitôt bouclée dans le local utilisé pour la garde à vue. Et les questions en rafales. Le commissaire, ses inspecteurs, tantôt bienveillants, tantôt hargneux ou menaçants. Et elle, de plus en plus étrangère à la scène, comme une voyageuse égarée dans un mauvais lieu. D'après Victor, ça chauffait. Mais quoi ! Il fallait bien en revenir à l'essentiel. Pas d'arme. Pas d'empreintes. Son emploi du temps ? Rien de plus transparent. Rien non plus au fichier. On ne pouvait dire qu'elle était une call-girl, car elle ne faisait pas « commerce de ses charmes », pour parler comme Victor. Elle avait des amants ou du moins on lui en connaissait deux, le steward et le commandant, et encore le commandant était « en situation de décollage », mot inventé par Victor et qui le faisait rire par brusques spasmes de gaieté. « Excusez-moi, patron. »

Marescot aurait voulu que le couteau entende ces propos, et découvre Yolande Rochelle en même temps que lui. Il pensait : « Vous en savez, maintenant, autant que moi. » Il disait maintenant vous, au couteau.

« Après ?

— Attendez, priait Victor. Tout est dans mon calepin. »

Son calepin est une chose un peu dépenaillée qu'il consulte en mouillant son pouce...

« Voilà ! Il y a eu une confrontation mais là, je ne suis pas bien renseigné. Ce qui est sûr, c'est qu'entre elle et l'officier il y a eu une scène violente. Djamila était avec lui », j'ai écrit quelque chose, là, et je ne peux pas me relire. « Ah, si ! elle était dans son lit et la fille Rochelle était dehors et voulait entrer. Elle a crié dans l'escalier : " Je vous aurai tous les deux. " Et puis elle s'est assise sur une marche où elle s'est endormie. C'est le concierge qui l'a trouvée, au petit matin, quand il est allé chercher Mylord pour son pipi. Mylord, c'est le griffon de la chanteuse qui habite au troisième. »

Marescot absorbe tout ce bavardage avec une espèce de gourmandise. Il n'a pas honte. Il va même au-devant des questions du couteau.

« Oui, bien sûr, à un moment donné elle a demandé les services d'un avocat.

— Et alors ? »

Voir calepin. Que dit-il ?

Il dit que le commissaire a refusé. C'était trop tôt, paraît-il. Pour finir il l'a arrêtée, se réservant de l'interroger plus à fond. Il reste persuadé qu'elle a caché l'arme quelque part ou qu'elle l'a jetée en un endroit quelconque : terrain vague, jardin public, tas d'ordures, et il paraît certain qu'on va mettre la main dessus !

« Pourquoi pas ! dit Marescot avec jubilation.

— Cette Djamila, on a poussé l'enquête de ce côté ?

— Oui, pour ne rien laisser au hasard. Et le plus curieux, c'est que la call-girl, c'était elle. Ça vous intéresse ?

— Dites toujours.

— Elle est arrivée en France il y a deux ans. Elle faisait partie d'une petite troupe : " Les enfants d'Allah ", danseurs acrobatiques. Alors, musique africaine, danse du ventre, et tout, quoi ! Il y avait même une Congolaise qui s'exhibait avec un boa. " Le rêve de Salammbo ", ça s'appelait. Mais, au bout de trois mois, la troupe se dispersait, laissant un peu partout des ardoises maxi... excusez-moi, j'ai noté " maxi " pour aller plus vite. C'est à ce moment-là que la fille a été remarquée par le commandant. Tout de suite, le grand amour ; il l'installe dans ses meubles, il lui achète une R 5 et...

— Mais Yolande, pendant ce temps ?

— Eh bien, elle s'accrochait.

— C'est elle qui l'a dit au commissaire ?

— Non. On ne peut pas lui arracher un mot.

— Mais comment s'accrochait-elle ?

— En se tenant tout le temps sur leur chemin, en téléphonant, en allant le poursuivre jusque dans les bureaux d'Air France. Quand une bonne femme commence à perdre les pédales, vous savez, ça va jusqu'à la dinguerie ! Mais celle-là, elle est formidable. C'est en dedans qu'elle est dingue. Pas un mot plus haut que l'autre. Polie, réservée, et tout ! Si bien qu'à la P.J. on la traite avec certains égards, surtout qu'on commence à comprendre qu'il va falloir la relâcher. Aucun juge ne se risquera à l'inculper, faute de preuves. Ils sont tous bien embêtés ! S'en prendre à qui ? Les deux hommes ont des alibis en béton et la suspecte est pratiquement inattaquable ! Et la presse s'en mêle ! Et les Nouvelles Galeries offrent une prime de dix mille francs à qui apportera des révélations intéressantes.

— Merci, Victor. »

Marescot recommence à faire les cent pas. En écoutant l'ancien inspecteur il lui est venu une idée. Elle l'attire comme une proie encore saignante boule-verse le renard. Il rôde autour. Il la hume. Décidément, elle lui plaît. Voyons : Menestrel, le patron du labo, n'a pas encore pris sa retraite. Ils ont toujours été en bons termes. On peut donc lui téléphoner. Victor lui donne le numéro. Il est très surpris mais il respecte aveuglément les décisions de l'avocat.

Marescot appelle donc Menestrel et tout de suite lui expose son problème.

« Si je photographie à jour frisant les sillons qui caractérisent une empreinte digitale, pensez-vous qu'en comparant cette empreinte avec une empreinte examinée par vous, il soit possible de dire si elles appartiennent ou non à la même personne ? »

Là-bas, on hésite. Enfin, Menestrel répond.

81

« Tout dépend de la qualité de votre photo, mais *a priori* ça doit marcher.

— Je peux vous fournir une photo à expertiser ?

— D'accord, mais pas avant deux jours. Nous sommes un peu débordés, ces temps-ci.

— Moi aussi ! dit Marescot. Il y a des moments, comme ça ! »

Précieuses banalités, bien utiles pour camoufler le but recherché. Et le but recherché, pas besoin, à la réflexion, d'aller au plus compliqué alors que le plus simple est là, à portée de la main. Le dossier de Yolande. Il le parcourt rapidement. C'est bien ce qu'il pensait : le permis de conduire, maculé de taches, est là, épinglé au rapport de la gendarmerie. Facile de comparer avec la photo du couteau. Il est évident que c'est la même empreinte. Marescot n'est pas un spécialiste, mais les crêtes dermiques dessinent leurs courbes, leurs cercles, avec une telle netteté qu'il n'est pas possible d'hésiter. « Elle est à moi », s'écrie-t-il. Même pas nécessaire en effet d'en passer par Menestrel. Grâce au permis de conduire, on possède l'ancienne signature de Yolande et la nouvelle, et c'est la même. C'est Yolande qui a percuté la barrière et c'est la même Yolande qui a égorgé Djamila. Il vaut de l'or, ce permis. Riche idée d'avoir rapporté le dossier dans le musée-laboratoire. Marescot, d'ailleurs, dispose aussi et du même coup de la photo d'identité de Yolande. Il la regarde longuement, observe que les taches de sang qui l'ont souillée au moment de l'accident l'ont pâlie d'une façon qui émeut, à la manière d'un document historique. Ce permis a été renouvelé. Elle l'a sûrement oublié. Que dirait-elle s'il lui était présenté brusquement ? Mais Marescot n'est pas pressé. Elle s'entête à dire qu'elle n'a pas tué Djamila ! Très bien. Cela donne tout le temps de manœuvrer. Manœuvrer pour quoi faire ? Marescot n'en sait rien. Il se contente d'un certain sentiment de plénitude qui le pousse bientôt à sortir, comme s'il avait besoin de marcher, de fendre la foule, en gagneur, en costaud qui jouit de sa force. Un regard distrait, en passant, devant les étalages réservés aux soldes. Il y a en lui une petite ritournelle qui chantonne, toute seule, sans rien emprunter aux pensées voisines, une de ces musiquettes obsédantes qu'on se fabrique dans le train, au rythme du voyage. Si des mots surgissaient pour l'habiller un peu, ce serait : « Elle est à moi ! A moi elle est ! A moi oh ! oh ! A moi. » Mais son œil, aux aguets, capture çà et là un éclat de métal, un peu de lumière, et cela ajoute à sa joie. Non. Il n'a pas envie d'en savoir plus. Il est repu. Il a, dans son portefeuille, les deux images si nourrissantes, les deux empreintes qui font de lui le seigneur du palais de justice. Elle soutient qu'elle est innocente. Soit. Laissons-la se débattre et découvrir peu à peu qu'elle est tombée entre les mains d'un redoutable prédateur qu'il ne sera pas possible cette fois d'assassiner. Passé la grille, c'est le monde des marches, des colonnes, des échos, des robes noires et froufroutantes ; Marescot aime bien. Il possède par cœur la géographie de cette fûtaie de pierre, ses allées, ses passages, ses détours, ses carrefours au silence sonore... Etre chez soi là où les gens se sentent ailleurs, quel confort. Il s'acquitte rapidement des démarches qui lui accordent une permission de visite. Yolande, jusqu'à présent, a refusé le concours d'un avocat. « Je n'ai rien fait de mal! » dit-elle entêtée ; elle n'a pas encore compris que l'innocence est justement ce qui a le plus besoin d'être expliqué. Et, en un sens, c'est vrai qu'elle n'a pas besoin d'un avocat. Mais de lui, si! Parce qu'il n'est pas un avocat comme les autres.

Victor n'a pas cessé de se demander, en lui rapportant par le menu ses démarches :

« Mais où veut-il en venir ? Puisqu'on sait qu'elle n'a pas d'argent! Et il est bien trop orgueilleux pour défendre une accusée aussi minable! Et d'ailleurs accusée de quoi ? Elle était la maîtresse en second d'un célibataire volage. » Victor sourit. Il adore faire des mots! « A qui fera-t-on croire qu'elle était folle de jalousie ? Mais enfin, si ça lui plaît, au patron, de passer pour un idiot, ça le regarde, et il n'est vraiment pas nécessaire de remuer ciel et terre pour le faire désigner d'office. N'y a-t-il pas le bâtonnier ? Et le juge Dabert ne peut pas le sentir. Il sera trop heureux de le couler! »

Marescot congédie Victor et téléphone à sa mère.

« Désolé, dit-il. J'ai un rendez-vous que je ne peux pas remettre. Mais je rentrerai dès que j'aurai pu parler avec Yolande.

— Quoi ? »

L'indignation a fait vibrer l'écouteur.

« Yolande Rochelle, précise Marescot. Je dis
" Yolande " comme ça, pour simplifier. Je te raconterai ! Je la verrai cet après-midi, à la prison.

— Tu sais tout ce qu'on va dire !

— Je m'en fiche. »

Elle raccroche sèchement. Il hausse les épaules.
D'un mot sur l'autre, il se rend compte qu'il n'est plus
tout à fait le même avec elle. Il devient impatient.
Respectueux encore ! Mais déjà avec une autre voix,
plus raide, presque cassante. Et comme il n'a jamais
fini de s'éplucher, il est bien forcé de reconnaître que
ça a commencé avec le couteau ! Il en a tranché des
fils, ce couteau ! poignardé des habitudes, et même
alourdi le mouvement de la main, plus vif, plus
enveloppant que la langue effilée de la salamandre
raflant de branche en branche sa nourriture.

Les bibelots du musée, cueillis un à un avec tant de
souplesse et de vivacité, il ne pourrait peut-être plus
s'en emparer d'un seul mouvement instantané,
comme avant ! La vérité, c'est qu'il va en quelque
sorte comparaître devant plus fort que lui ! Il reste,
bien entendu, le maître du jeu. Mais enfin, pour
l'audace, il est surclassé. Jamais, l'eût-il voulu, il
n'aurait osé frapper et revenir sur ses pas pour égarer
le couteau parmi tous les autres. Quelle passion cette
violence ne suppose-t-elle pas ! Et c'est cet excès,
cette folie meurtrière qui lui fait peur ! Marescot reste
l'homme des petits élans. Il le sait. Il sait que ce qui
lui a toujours manqué, c'est l'assurance. Et s'il tient

tellement à voir de près une femme capable de tuer, c'est pour retrouver un peu de cette fanfaronnade transie qu'il éprouvait, jadis, au jardin des Plantes, devant la cage de la panthère noire. Ridicule! Complètement imbécile! Ah! tu persistes à dire que tu es innocente! Eh bien, à nous deux, ma douce! Bien qu'il ralentisse de plus en plus le pas, il arrive à la prison. Il connaît. Ce n'est pas la première fois qu'il rencontre un détenu. Mais il attend la prisonnière comme s'il s'agissait d'un lever de rideau. Et la voici. Rapidement, il recalcule son âge : trente-huit ans. Elle ne les fait pas. Elle s'assoit, croise les doigts, attend, l'air de quelqu'un qui exécute distraitement tout ce qu'on lui commande. Marescot a bien en mémoire la photo du permis de conduire. La femme qui est là, indifférente, lointaine, paraît être la mère de sa cliente d'autrefois. Et Marescot comprend! Ce visage fermé, ces regards perdus, ce n'est pas l'attitude de la révolte sourde, ni d'un parti pris d'insolence, ni d'une fatigue résignée. C'est le masque de l'amour désespéré, au-delà des larmes, peut-être celui du crime, au moment où le couteau brandi allait s'abattre. Et Marescot ne peut s'empêcher de penser que le don Juan d'Air France a bien de la chance. Il est quelque part, en plein ciel, plaisantant avec les hôtesses, et pas fâché de savoir à l'ombre la furie qui aurait été capable de le tuer. Mais durant ces quelques secondes, Marescot installe Yolande, lui offre une Craven qu'elle accepte avec un mouvement, non pas de volupté, mais d'avidité triste. Elle a deux longues mains maigres, avec les doigts comme des branchettes. Elle inspire à la fois méfiance et pitié.

« On vous a fait la commission ? demande Marescot. Vous vous rappelez que nous nous sommes déjà rencontrés, il y a longtemps... le passage à niveau défoncé ? Hein ? Ça vous revient... »

Elle incline la tête, sans un mot, et déjà Marescot regrette de s'être proposé comme défenseur. Il ne s'était pas attendu à ce silence méfiant.

« Je tiens à vous rassurer tout de suite ! dit-il. On ne peut rien contre vous. On vous garde parce qu'on n'a personne sous la main. Votre... enfin disons votre protecteur a un alibi absolument indiscutable... La seule personne qu'on puisse suspecter, c'est vous. Je suppose que vous en êtes consciente ? Alors vos protestations ne serviraient à rien. C'est pour cette raison, j'imagine, que vous avez renoncé à lutter ! N'est-ce pas ? Le commissaire ne vous croit pas. Le juge ne vous croit pas. »

Elle relève la tête, murmure : « Et vous ? »

Marescot, pris de court, répond précipitamment : « Moi, je vous crois. Et je vous croirai aussi longtemps qu'on ne pourra exhiber le couteau. »

Il guette une explication et réfléchit, en même temps, que la prévenue est hors d'état de proposer une solution. D'une part, elle a tué et elle a renoncé à répéter qu'elle est innocente parce qu'elle sent qu'il lui faudrait une conviction qu'elle n'a pas. D'autre part, à quelle conclusion est-elle arrivée quand elle essaie de comprendre pourquoi le couteau n'a pas encore été découvert ? A une seule conclusion : le couteau est toujours parmi le tas de couteaux en solde et il peut y rester encore longtemps et plus le temps passe, plus les chances d'être condamnée s'amenuisent. Alors, la seule tactique efficace est de s'enfermer dans le silence des victimes odieusement persécutées. Que cet avocat qui s'intéresse subitement à elle la croie ou non innocente, quelle importance ? Marescot n'est pas dupe ! Il sait tout ce qu'elle pense parce que, au même instant, il pense la même chose, lui seul possédant toutes les données du problème. C'est ce qui lui permet de proposer une méthode.

« Ecoutez-moi, dit-il. Ça ne sert à rien de s'enfermer dans un silence obstiné, comme vous le faites ! Et même cela peut indisposer un jury. Non, il faut adopter un système de défense. Et moi, je soutiens que si nous pouvons reconstituer, minute par minute, les vingt-quatre heures qui se sont écoulées avant le crime, nous aurons réduit à rien l'accusation. On veut que vous ayez prémédité votre acte. Eh bien, nous prouverons qu'il n'en est rien parce que nous prouverons que la conduite de votre ancien amant à votre égard vous avait littéralement brisée. Où auriez-vous pris l'énergie qu'on vous prête ? Vous voyez ?... Je ne prétends pas que la partie est gagnée mais il n'y a rien de plus fragile que des présomptions. L'accusation — si elle est maintenue — vous présentera comme une femme incapable de se contenir, et nous, au contraire, nous vous peindrons sous les traits d'une maîtresse accablée. Mais, je le répète, *si* vous demeurez à l'état de prévenue. Ce qui m'étonnerait beaucoup ! Moi, je réclame une mise en liberté immédiate. Etes-vous prête à m'aider ? »

Il lui prend la main pour créer entre eux un peu de cordialité vraie. Et déjà il voit les avantages de sa proposition. Il va la faire parler, par le menu. Il obtiendra, sous la forme en quelque sorte d'une déposition, ce qu'il attend avec le plus d'impatience : la confidence d'une passion poussée jusqu'au désespoir, c'est-à-dire de quelque chose dont il n'a aucune expérience et qui lui a toujours paru monstrueux — l'amour jusqu'au sang.

Chapitre 7.

« Vous êtes gentil... Merci... C'est trop !... Je ne suis pas habituée... »

Petites phrases de remerciement et tout de suite ce tremblement dans la voix qui trahit l'émotion et qui bouleverse Marescot ; il y a ainsi des pauvres qui acceptent la misère, l'injustice, l'horreur de la vie quotidienne ; ils sont perdus dans le no man's land de l'abandon... des espèces de « boat people » qui attendent le coup de grâce. Le coup de grâce. Non, quand même ! se rebelle-t-il, je me raconte des histoires ! Tu fabules, mon petit vieux ! Tu lui prêtes une existence de roman, pourquoi ? Parce que tu es jaloux, parce qu'elle marque un point sur toi ! La grande passion, tu n'as jamais connu cela et ça t'embête ! Tu n'aimes pas qu'elle en sache sur la vie plus long que toi !

Il la quitte. Il faut bien ! Il ne doit pas paraître trop dévoué. Ennuyé, plutôt ! C'est une corvée dont on l'a chargé. Le bâtonnier ne lui a pas fait de cadeau. Les stagiaires ne se gênent pas pour dire que c'est une peau de vache. Marescot aurait dû refuser. Une affaire comme celle-là, ça ne peut rapporter que des plaisanteries.

« Bien sûr qu'elle est coupable ! Ça ne sert à rien de nier l'évidence ! Elle se fout de lui. » Et pourtant Marescot s'acharne ! Elle est innocente et je le prouverai ! Tâche impossible dont il mesure mieux que n'importe qui la vanité. Il doit mentir à tout le monde ! Il sait qu'il doit mentir encore et encore, mais d'abord contre lui. Il fait semblant de reprendre les faits un à un, comme si une nouvelle lumière allait les éclairer.

« Vous avez passé la nuit dans l'escalier de Paul Chanin ?

— Oui.

— Pourquoi ? Vous pensiez qu'il finirait par vous ouvrir ?

— Je ne sais pas. Je savais seulement que la fille était avec lui et je voulais qu'ils aient peur !

— Soit ! Vous voilà blottie sur le palier. Blottie comment ?

— Accroupie. La tête entre les genoux. J'avais un peu froid.

— Depuis combien de temps n'aviez-vous pas mangé ?

— Depuis la veille au soir. Debout. Dans un snack pendant qu'ils dînaient tous les deux, en face, dans le restaurant *Michel*.

— Depuis combien de temps étaient-ils ensemble ?

— Depuis la veille à midi et demi. A son retour de New York. Elle l'attendait à l'aéroport.

— Et vous ?

— Moi aussi, je l'attendais.

— Mais vous saviez que Djamila était sa maîtresse ?

— Non, je me doutais bien de quelque chose, mais je ne l'avais jamais vue !

— De sorte que vous avez découvert brusquement que cette fille était votre rivale ?

— Oui.

— Et alors, quels ont été vos sentiments ?... Répondez. Vous avez compris que vous n'auriez pas la paix tant qu'elle ne serait pas morte ?

— Non... Je ne l'ai pas tuée, je le jure.

— Vous avez déjà raconté cela à la police ?

— Oui.

— Après ?...

— Ils ont quitté ensemble l'aéroport en taxi.

— Et vous ?

— Moi aussi. Il fallait bien, mais ça m'a coûté cher.

— Et à quel endroit vous êtes-vous fait reconnaître, car vous vouliez qu'ils vous voient, tous les deux ?

— En bas, au pied de l'escalier. J'ai essayé de leur barrer le passage. Il m'a écartée brutalement, mais je n'ai cessé de les insulter jusqu'à leur palier.

— Vous cherchiez à faire du scandale ?

— Je ne sais pas. Je n'avais plus ma tête. Je criais, ça, c'est sûr !

— Si, à ce moment-là, vous aviez eu une arme sous la main, un revolver par exemple... vous auriez tiré ?

— Je crois... oui.

— Et vous avez dit cela aussi à la police ! Pour qu'on vous accuse ensuite de préméditation ! C'est malin !... En somme, vous avez vidé votre sac, comme ça, d'un coup, sans faire appel à un défenseur ! Moi ou un autre. Au fait, qui vous a soufflé mon nom ?

— Un inspecteur. Un nommé Grumois. Il a dit : " C'est un truc pour Marescot. "

— Venons-en au crime. Vous suiviez Djamila depuis quelques instants. Pourquoi ?

— Parce que j'attendais l'occasion de lui parler.

— Votre grosse colère était donc passée ?

— Oui. J'étais épuisée. Je pensais qu'elle m'écouterait peut-être ? Ou plutôt je ne pensais rien du tout. Ça me suffisait de la regarder qui marchait devant moi. On lui aurait donné quinze ou seize ans ! Tandis que moi...

— Là, là ! Calmez-vous. Et ensuite ?

— Eh bien, je l'ai vue qui pénétrait dans le Photomaton et j'ai cru comprendre que si elle se procurait des photos d'identité, c'était pour partir avec lui. Alors, j'ai abandonné. Je n'avais plus d'espoir !

— Attention ! Jusque-là, il me semble que vous avez dit la vérité. Mais à partir d'ici, on ne marche plus. Si vraiment vous avez cru que la petite songeait à partir avec son amant, c'est du coup que vous auriez perdu la tête pour de bon, et vous auriez frappé !

— Avec quoi, dit Yolande d'une voix morte. J'avais les mains vides. Vous parlez tous d'un couteau. Quel couteau ? Qu'on me le montre ! Mais c'est trop commode, de supposer des choses au petit bonheur ! »

Elle ne se révolte pas. Elle ne se plaint pas. Elle ne discute pas. Elle parle en chuchotant, lasse, au-delà d'un débat où elle risque sa liberté !

Ça lui est égal. Tout lui est égal !

« Comprenez-moi bien, reprend Marescot. La police fait tout son possible pour vous forcer à avouer. Elle vous tourne et vous retourne, un peu comme moi, mais en beaucoup mieux, parce que, si elle n'obtient pas un aveu, elle ne peut plus rien. Pas d'arme. Pas d'empreinte. La partie est perdue d'avance ! Mais si, par vos paroles, votre voix, votre attitude, vous paraissez à demi vaincue, ils vont s'acharner. Et à la fin, pour avoir la paix, vous céderez ! Quoi que je fasse !

— Et vous ? dit-elle. Ça vous arrangerait que j'avoue ?

— Mais jamais de la vie ! sursaute Marescot. Evidemment, nous nous en tirerions avec une condamnation pas trop lourde, mais je me bats pour vous avoir un non-lieu !

— Vous êtes gentil ! dit-elle poliment. Je peux vous emprunter une cigarette ?

— Je vous en prie. Et même, faites-moi plaisir. Gardez le paquet. »

Pour la première fois, elle sourit. Même pas. C'est la lumière qui, rapidement, modifie ses traits, comme un soleil d'hiver. Marescot lui tend son briquet allumé, prend fugitivement plaisir à le garder tout près de ce visage flétri, un pauvre visage de faiblesse et de chagrin qu'on voudrait toucher du bout des doigts pour une caresse de bonne amitié. « Elle a besoin de moi », pense-t-il avec une sorte d'émerveillement car personne n'a jamais eu besoin de lui. Et il se laisse aller à dire :

« Vous ne l'avez pas tuée, vous le jurez ? »

Il se rattrape aussitôt.

« Excusez-moi. Je sais que vous ne l'avez pas tuée ! Mais c'est une idée qu'on se fourre malgré soi dans le crâne. »

Il se choisit une Craven, pour se donner une contenance. Mais la tête lui tourne un peu ! Elle a tué ! Elle n'a pas tué ! Il doit faire un effort d'imagination pour se remettre en quelque sorte sous les yeux le crocodile ensanglanté. Si l'affaire se plaide, un jour, il sera obligé d'être éloquent pour démontrer comme impossible un crime dont il saura, lui, mieux que personne, qu'il a été commis par cette petite femme écrasée par le sort. Peut-être que s'il la connaissait mieux... ? Si, surtout, il parvenait à se nettoyer de ce sentiment de pitié qui colle à lui comme de la fange ! Dès qu'il est dehors, il la déteste ! Mais dès qu'elle prend place, devant lui, à cette petite table qui boite un peu, il ne peut s'empêcher de se dire : « Elle est à moi ! Sa vie m'appartient. » Souvent, il demande un coup de main au commissaire Madelin, qui sourit avec malice. « Mon cher Marescot, vous oubliez que je ne suis plus en activité. Mais je veux bien vous aider un peu. »

Et il a noté tout ce qui peut préciser la silhouette morale encore floue de Yolande Rochelle. Il n'a pas tardé à apprendre que Yolande Rochelle n'est pas son vrai nom. Cela, la police l'a su presque tout de suite. Alors, pourquoi ne pas l'avoir renseigné ? Certes, ce n'est pas une piste qui mène bien loin. Yolande s'appelle en réalité Jeanne Baudoin. Elle est née à La Roche-sur-Yon. Ses parents étaient des forains qui fabriquaient des sucettes, les jours de foire, en présence du public. Marescot n'a pas abordé ce sujet avec la jeune femme, parce qu'il ne sait plus comment l'appeler. Au début, il lui avait parlé avec familiarité... ma chère Yolande... cela passait bien, c'était gentil, mais Jeanne, cela signifiait maintenant : « Vous m'avez menti. J'avais le droit de savoir », et finalement il avait pris le parti de lui adresser un « bonjour » à la fois protecteur et distant. Et pourtant Marescot a toujours aimé les confiseurs. Ah ! les sucettes toutes chaudes qui bloquent les dents, et soudent les mâchoires sur d'inoubliables saveurs : l'anis, le citron, la cerise... Le juge n'accompagnait jamais sa famille à la foire. C'était Mme Marescot le chaperon. Elle consentait à acheter du nougat, à condition qu'on le garde pour le dessert. Mais elle s'arrêtait volontiers devant la baraque des confiseurs où des employés, entièrement vêtus de blanc, comme des docteurs, travaillaient à la main d'énormes boules de pâte à sucettes qu'ils suspendaient à des crocs de boucher et étiraient avec une célérité merveilleuse, les transformant en bâtonnets fumants qui se tordaient encore quand on entreprenait de les apprivoiser à petits coups de langue. Eh quoi ! Jeanne avait grandi parmi les bocaux de sucreries. Ce n'était pas déshonorant ! Malheureusement, elle avait perdu ses parents dans un accident, l'incendie de la roulotte, un court-circuit. Elle avait quatorze ans et elle était pauvre, toujours d'après les renseignements du commissaire. On la perd de vue pendant quelques années. Et puis elle refait surface dans un petit groupe à demi folklorique, « Les Galopins », où elle joue de la guitare. Elle a dix-huit ou dix-neuf ans. Nouveau plongeon de deux années dans l'incognito. Enfin la voici travaillant depuis quelques mois comme femme de chambre au *Grand Hôtel de Paris*. Elle donne toute satisfaction. Elle est sérieuse, travailleuse, elle plaît à la clientèle. Quand elle en a le loisir, elle se produit, avec sa guitare, dans des petites boîtes de nuit. Non, pas d'aventures douteuses. Une vie plutôt régulière. D'après ce qu'on sait, elle voudrait amasser de quoi acheter, du côté de La Baule, une confiserie comme celle de son enfance. Mais ça, bien entendu, ce sont des on-dit. En tout cas, quand elle joue de la guitare — et fort bien, paraît-il — c'est sous son pseudonyme de Yolande Rochelle. Elle y tient beaucoup. La preuve, c'est qu'elle signe toujours non pas Baudoin mais Rochelle.

Marescot l'apprend peu à peu, comme un livre difficile, où il manque des pages. Il ne se lasse pas de la regarder pour essayer de reconstituer l'histoire de chaque petite griffure de la peau, au coin des paupières, auprès des oreilles, autour des narines. Elle a été belle mais son combat contre Djamila l'a marquée. Elle ne se défend plus. Elle les punit tous, commissaire, policiers, gardiennes, en ne se maquillant pas, en leur opposant ce visage blême qui invite aux insultes. Même Marescot ! Elle le supporte mais en lui envoyant une réverbération de rancune qui donne à ses réponses — quand elle veut bien répondre — un décourageant accent de dégoût. Parfois ils restent silencieux l'un devant l'autre, l'un jugeant l'autre ; Marescot déteste qu'on le déshabille et qu'on le soupèse. Bien sûr, à côté de Paul Chanin, il ne fait pas le poids. Un pilote de Boeing, c'est la catégorie supérieure de l'humanité.

Marescot a vu ses photos, sans pourtant tomber dans l'admiration. C'est vraiment l'uniforme qui fait de l'homme une sorte d'athlète, et puis la casquette, ne pas oublier la casquette et ses galons. Pourquoi, ces officiers, les voit-on toujours coiffés ? Marescot emmène ainsi promener ses pensées tout en se demandant ce que Yolande vaut, comme amoureuse. Pour qu'elle se soit incrustée dans la peau de son amant comme une bête de proie qui s'attache à sa victime, quelle passion, quel emportement cela suppose !

Mais justement c'est ce qui trompe les enquêteurs. Cette petite femme plutôt frêle, et tellement effacée, tellement sincère dans sa défaite, non, ce n'est pas une vraie criminelle. Il faut chercher ailleurs ! Et toute l'équipe du commissaire Jandreau est sur les dents. Yolande, on se la garde pour amuser les journalistes mais en même temps on explore autour de l'équipage de Paul Chanin, des milieux fréquentés par Gaston Mollinier, des night-clubs où Yolande se produisait. Pour le commissaire, il s'agit d'une affaire de drogue et Djamila était peut-être un dealer. Bien plus, ils étaient peut-être plusieurs à sa poursuite, lui fermant peu à peu toute retraite. Marescot est tenu au courant des recherches par l'ex-commissaire Madelin qui s'intéresse de plus en plus à « cette malheureuse petite », comme il dit.

« Je m'y connais quand même un peu en matière criminelle, s'exclame-t-il. Je vous affirme, maître, que vous allez gagner. »

Bien sûr que je vais gagner, pense Marescot, mais après ? Il faudra que je lui ouvre la cage et ce sera fini.

Or il est en train de découvrir une nouvelle vie, d'une merveilleuse intensité, entre son musée, les bruits qui courent au Palais où des avocats qui faisaient semblant de ne pas le voir accourent maintenant aux nouvelles, les journalistes qui l'entourent d'un orage d'éclairs, tout, tout est bon à prendre, et jusqu'aux scrupules qui le hantent, le soir, dans son lit, où il se répète : « Mais qu'est-ce que je suis en train de faire ! Elle a tué, oui ou non ? Alors, moi, qu'est-ce que je deviens, dans tout ce micmac. C'est quoi, cet intérêt qui m'attache à elle, de plus en plus, de jour en jour ? Je ne suis tout de même pas en train de tomber amoureux ! »

La reconstitution a lieu, avant l'ouverture des Nouvelles Galeries. Yolande essaie de s'y retrouver dans le labyrinthe des allées entre les comptoirs. En l'absence de la foule, elle ne s'y reconnaît plus. Le juge et le divisionnaire, de temps en temps, sont obligés de lui dire, comme au jeu de l'objet caché : « Vous êtes trop à droite... Plus à gauche... » On a envie de lui crier : « Dans le feu ! Dans l'eau ! Dans l'eau ! » Elle va, les bras légèrement tendus devant elle comme si elle se préparait à repousser un obstacle. Mais peut-être fait-elle exprès de s'égarer ?
Au-delà des portes de verre soigneusement bloquées se pressent les curieux : rangées de figures pâles et de mains en étoiles collées avidement aux entrées. Yolande évite de regarder ces alignements d'yeux qui la dévorent. Parfois, elle se cache à demi le visage comme si elle redoutait d'être attaquée. Marescot est là, à quelques pas. Jamais elle ne lui pardonnera cette exhibition. Elle a tout d'abord refusé de se prêter à l'expérience. « Mais enfin, avait beau dire Marescot, je n'y peux rien. C'est la règle ! » Il avait ajouté, pour la décider : « Quand on aura

constaté que, passé une certaine frontière, vous perdez votre chemin, on sera bien obligé de se rendre à l'évidence : vous n'êtes pas coupable ! Et alors j'obtiendrai le non-lieu ! » Elle s'était laissé convaincre, à la longue. Mais elle l'avait boudé ! C'était d'ailleurs beaucoup plus que de la bouderie, cette face butée, cette tête obstinément baissée, ce refus de répondre aux questions.

« Voyez-vous, plaidait Marescot, si vous consentiez à m'aider, à ne pas toujours rabrouer les inspecteurs qui vous interrogent, vous seriez déjà libre. Vous avez pour vous la presse, l'opinion ; tenez, hier soir, sur la 5, il y a eu un débat à votre sujet, sur le thème des pouvoirs tyranniques des juges d'instruction. Alors, soyez raisonnable ! »

Elle s'était fâchée. Raisonnable ! Parler de raison à qui n'avait plus un sou, qui était sur le point de tout perdre, logement, engagement, le pavé, quoi !

« Vous vous moquez de moi ! s'était-il écrié. Je sais que vous avez de l'argent de côté. D'ailleurs, j'aimerais bien savoir d'où il vient. Il faudra que nous examinions cela ensemble ! »

La reconstitution se déroulait comme prévu. Yolande se dirigeait sans trop d'erreurs vers la cabine du Photomaton. En passant devant le stand de la coutellerie, elle avait hésité. Mais on y vendait, depuis la veille, un produit détachant, et comme personne n'avait fait la moindre remarque à ce sujet, le cortège ne s'était pas arrêté.

Yolande s'immobilisa à quelques pas du Photo-maton.

« Je reconnais l'endroit, dit-elle. Je ne suis pas allée plus loin.

— Vous avez vu la victime entrer dans la cabine ?

— Non. Cette poursuite m'avait épuisée. Je ne tenais plus debout. J'ai entendu du bruit, du côté des chaussures, et je me suis dépêchée de partir.

— Montrez !

— Je ne me rappelle plus. J'ai cessé de faire attention.

— Essayez quand même. »

Le groupe repart, juge et commissaire en tête. Mais au bout d'un moment, il est évident que la prévenue ne sait plus où elle va.

« Je cherchais la vraie sortie, explique-t-elle. On se bousculait. Il y avait beaucoup de monde. »

A ce moment-là, un inspecteur survient. Il arrive du fond du magasin, écarte les assistants, s'adresse au juge d'une voix entrecoupée : « Il est dans le bureau du commissaire. Il a tout avoué. Venez vite. »

Chapitre 8.

L'inspecteur raconte : L'homme, complètement ivre, arrêtait les passants, devant les étalages, les insultait, se faisait menaçant. Enfermé d'autorité dans un bureau, il n'avait pas cessé de crier qu'il avait bien le droit de faire la queue, comme tout le monde, et même il en avait plus le droit qu'un autre parce qu'il savait, lui, ce qui s'était passé. Il était là... « Parfaitement ! J'étais là. Je le sais bien, quand même, puisque c'est moi qui l'ai tuée. Et si quelqu'un dit que ce n'est pas vrai, je lui casse la gueule. »

Le commissaire fait évacuer précipitamment la pièce.

« Ce n'est pas possible ! répète Yolande, très agitée. Ce n'est pas possible.

— Pourquoi ? demande Marescot.

— Parce que ce n'est pas possible.

— Taisez-vous donc ! murmure-t-il. Vous allez tout gâcher. »

Ils échangent un regard qui, tout à coup, les livre

l'un à l'autre comme des complices. Marescot lui met la main devant la bouche.

« Plus un mot. A demain. »

Elle s'en va, et Marescot prête l'oreille ; le commissaire essaie de tirer de l'ivrogne des renseignements cohérents. L'homme est assis par terre. Il est de ces clochards jeunes qui descendent du Nord à la belle saison, suivant le soleil et bien décidés à refuser tout travail. Il n'est pas du tout en haillons. Il porte un solide pantalon de velours et une peau de mouton. Au pied, des Pataugas. A jeun et peigné, oui, il aurait pu traverser les Nouvelles Galeries sans être trop remarqué. Il bredouille des phrases confuses, rit tout seul puis serre les poings et lâche un flot de menaces en allemand, ou peut-être en suédois. L'inspecteur explique qu'on ignore son nom, mais il est connu dans le quartier. Il se fait appeler Georges. Il s'est aménagé une niche dans le hangar où viennent parquer, le soir, les camions des Nouvelles Galeries. Et, détail troublant, ce hangar est situé en face de la petite porte de sortie du magasin, à deux pas, en somme, de l'endroit du crime. On a fouillé le clochard. Pas de papiers. Une pipe. Un couteau. Un redoutable couteau à cran d'arrêt qui, par sa forme et ses dimensions, pourrait être l'arme qu'on cherche vainement.

« Embarquez-le ! » ordonne le commissaire.

Il attend que Georges ait disparu et, se tournant vers le substitut du procureur :

« Ça change tout ! »

S'engage alors une discussion très vive. Qui a tué ? l'ivrogne ou la fille Rochelle ? L'un avoue, mais peut-être dans un délire alcoolique ! L'autre nie farouche-ment mais avait des raisons précises de se venger de sa rivale. Marescot intervient.

« Je crois impossible, dit-il, qu'on puisse maintenir en prison une femme contre laquelle on n'a aucune preuve. La presse commence à parler de détention abusive. A mon avis, ce qui s'impose, maintenant, c'est le non-lieu. »

On approuve bruyamment autour de lui. Les policiers font évacuer le bureau. Le public résiste. Quelqu'un, non loin de Marescot, proteste. « Jamais vu une pareille pagaille ! » Enfin, les curieux se dispersent. Marescot ne rentre pas tout de suite chez lui. Il écoute, dans sa mémoire, la façon dont Yolande a prononcé cette phrase : « Ce n'est pas possible. » Elle ne contestait pas un fait évident ! Elle exprimait une révolte, comme si, étant coupable, elle ne pouvait supporter de laisser bousculer et accuser un innocent. Qu'elle crie : « C'est moi. J'ai menti. Lâchez ce type », et Marescot sent que son plan ne vaut plus rien. Ce n'est même pas un plan, d'ailleurs ; c'est plutôt son rôle de défenseur qui est mis en question. Yolande reconnue coupable, devrait-il se retirer ? Difficile de plaider coup sur coup l'innocence et la culpabilité. Soit. Il se retire. Un autre avocat du groupe sera désigné d'office. Or c'est ce qu'il ne peut accepter. Ce qu'on appelle désormais l'affaire Rochelle lui appartient. Lui seul est armé pour prouver que l'accusation ne tient pas debout ! Et Yolande, même si elle souffre de dépression, n'en est pas au point de souhaiter qu'on la condamne. Reste à comprendre le sens du regard qu'ils ont échangé. Celui de Yolande signifiait : « Ce n'est pas possible qu'on arrête ce pauvre bougre d'ivrogne puisque c'est moi qui ai tué. » Et celui de Marescot voulait dire : « Oui, je sais tout mais vous devez vous taire ! » En bref, les yeux de Yolande disaient : « Je parle » et ceux de Marescot disaient le contraire. Et la rencontre si brève et si violente de ces deux volontés promettait quelque chose d'obscur et d'intense qu'ils n'avaient jamais connu, une sorte d'affrontement ou plutôt d'intimité monstrueuse comme s'ils avaient échangé leurs rôles, et partagé la même honte.

Marescot descend vers la Seine. Il voit son problème passer devant lui comme une bande annonce au fronton d'un magasin : « Le vol au secours du crime. » C'est odieux. C'est injuste. C'est cruel. Et pourtant Yolande ne restera libre que dans la mesure où lui-même ne se fera pas surprendre. Est-elle femme à supporter cette entrave ? Et si, demain ou un autre jour, elle cède à un brusque besoin de s'évader, c'est-à-dire de se libérer par la vérité ?... Aucun moyen d'écarter ce risque sinon en jetant le couteau et en s'en remettant au hasard...

Ce que Marescot découvre soudain, c'est qu'il vient de perdre sa sécurité. Cette assurance de trouver un lendemain identique au jour d'aujourd'hui ! En quelques heures il est devenu une sorte d'aventurier, à qui aucun avenir n'est plus promis. Que faire ? La laisser crier jusqu'à épuisement : « J'ai tué ! J'ai tué ! J'ai tué ! » et demander pour elle un examen psychiatrique. Elle n'est pas bête ! Elle comprendra vite qu'il vaut mieux se taire.

Indécis, fatigué, il revient rue de Châteaudun en traversant les Nouvelles Galeries. Une voix tonitruante tombe des haut-parleurs : « Lavnet, le produit qui nettoie tout ! » Et c'est vrai. Lavnet dissout instantanément ce découragement qui l'encrasse. Il se redresse. Il cherche la grande allée où à cette heure de la journée on marche encore facilement. Et puis au diable l'affaire Rochelle ! Pourquoi essayer d'intervenir pour en orienter le cours ? La sagesse, c'est de laisser aller... Cet immense magasin est semblable à une serre gorgée de fruits succulents. Il fait bon humer, flairer, tâter, sans plus s'occuper de Yolande, de Georges, de la prison, de ce qui est licite et de ce qui ne l'est pas. Les gants. Il vient de repérer des gants. Non, il a ce qu'il faut ; un coup d'œil, au passage, mais pas pour surveiller. Simplement pour honorer un bel article, cuir authentique, gant pour tenir un volant, luxe un peu tapageur. Il s'arrête. Aussitôt, la vendeuse s'approche. Elles ont dû recevoir des consignes de vigilance. Il touche. Il ne peut pas s'empêcher de toucher. Cette peau fine, lisse, vivante, il dirait volontiers qu'elle se fait câline. On ne sait pas assez que les choses aiment qu'on les caresse, qu'on les désire. Marescot oublie tout le reste, pour le plaisir de l'échange, du furtif entretien, du bout des doigts, avec la longue main glissante qui reflète les lumières. Il remet le gant à sa place. Il n'est pas venu pour prendre. Pas maintenant. Il lui sufffit de sentir que tout son être est à nouveau en éveil, tout neuf, tout frissonnant, et il en est profondément ému. Ainsi, le rapt du couteau n'a pas signifié la fin de sa vie amoureuse car, il s'en rend mieux compte, maintenant, c'est une jouissance incomparable qu'il éprouve en choisissant l'objet qui lui plaît et le retient et l'appelle. Ce gant... ah! s'il pouvait! Mais non! Trop de soucis le préoccupent encore. Demain, peut-être! Il viendra exprès, le cœur bondissant. De loin, il dira : « C'est moi. Je viens. » C'est tellement beau, l'adolescence du désir. Un pas. Deux pas. Il s'éloigne. Il était entré en vaincu. Il s'en va, sûr de sa force et de sa jeunesse. Il vient de se retrouver. Yolande sera sa proie, comme ce gant a failli l'être. Et maintenant au rapport! Quand il rentre, sa mère l'attend derrière la porte. Elle reconnaît le glissement de l'ascenseur, comme un chien qui se morfond dans la solitude. Et tout de suite les questions.

« Tu dois avoir faim! Je t'ai fait une blanquette. Cette fille Rochelle, tu n'as pas eu trop de mal, avec elle? Comment! Il y a un autre suspect? Méfie-toi. C'est elle, forcément!

— Bon, bon! dit Marescot, conciliant. Je te raconterai. Pour le moment j'ai besoin de me reposer. Si on téléphone, je suis en conférence. »

Il passe dans son bureau, examine rapidement le courrier, prend quelques notes. Ce qui est urgent, c'est de réclamer le non-lieu. Il l'obtiendra assez facilement. Mais après ? Yolande n'a pas de famille. Il faut l'empêcher de commettre quelque bêtise. Elle n'est pas fille à se prostituer, mais elle peut accepter les propositions d'un dealer. Ce qui paraît de plus en plus évident à Marescot, c'est qu'il ne doit pas la perdre de vue. Il ne faut pas qu'elle parle à tort et à travers. Surtout, il faut la garder à l'abri des journalistes. « Yolande Rochelle raconte son crime »... « La meurtrière est libérée... » « Elle dit : " C'est moi. ". Et si c'était vrai ? »... Marescot cherche en vain une solution. Il avait cru que l'affaire se réglerait en douceur : quarante-huit heures de garde à vue pour Yolande et on parlerait d'autre chose. Mais il n'avait pas prévu tous ces rebondissements, et en particulier l'arrestation du clochard. Et si par malheur Yolande s'entêtait à se dire coupable, le mystère allait croître, envahir tous les médias... La curiosité s'étendrait à tous ; qui était ce Marescot, inconnu la veille et choisi par l'inculpée ? Pourquoi lui ? On irait jusqu'à intrerroger ses anciens camarades de classe, on l'exposerait au grand jour. On verrait sa photo dans les magazines. Il serait plus ou moins reconnu partout. Ses terrains de chasse lui seraient interdits. C'était pour demain la célébrité et pour après-demain le déshonneur si la malchance s'en mêlait, si une caméra photographiait au vol sa main baladeuse.

Marescot se prend la tête, aligne ses problèmes devant le mur de son supplice. Il est perdu s'il ne réussit pas à persuader Yolande de se taire. A la limite, il achèterait son silence. En encore, méfiance ! Car elle lui dirait : « Si vous voulez que je me taise, c'est que vous, vous êtes coupable de quelque chose. » Non. Il faut plaider, la séduire, lui faire comprendre, par exemple, que sa carrière pourrait être compromise si elle s'avouait coupable, jouer sur l'amitié... « Si vous m'aimez un peu, chère Yolande... », etc. Ça, il saura le jouer, bien qu'il n'ait pas beaucoup l'habitude de parler aux femmes.

Après la blanquette et un long bavardage avec la vieille dame, il retourne au Palais, où il s'entretient avec l'ex-commissaire Madelin qui vient, par habitude, cueillir quelques ragots. On parle de ce Georges. On a fouillé sa litière. Si c'est lui l'assassin, son arme ne peut être bien loin ! En tout cas, ce n'est pas le couteau à cran d'arrêt pris sur lui. Muller, le patron de l'Identité, l'a examiné de très près. Pas de trace de sang. Les empreintes de l'homme, comme il fallait s'y attendre.

Marescot se replonge dans le dossier, relit les dépositions de l'officier. Il a dit « maladivement jalouse » en parlant de sa maîtresse. « Maladivement » ! Voilà un mot qui peut fournir à la défense un argument solide. Malheureusement, Yolande ne donne pas l'impression d'être une amoureuse passionnée. Elle reste repliée sur elle-même, ivre de rancune plus que de désespoir. On jurerait qu'elle cache quelque chose. Et si elle était la complice de quelqu'un qu'elle essaierait maintenant de protéger ? Si la malheureuse petite Djamila était un témoin

110

dangereux ? Marescot explore cette piste. Il est persuadé qu'elle ne mène nulle part, mais il aperçoit des prolongements romanesques qui moutonnent, au loin, sur l'horizon de sa pensée. Une supposition : Yolande n'est pas seule. Elle fait le guet. L'assassin frappe et disparaît. Yolande ramasse rapidement le couteau et le cache. Elle n'a rien, en somme, à se reprocher. Elle dit vrai, depuis le début. Elle ne cherche pas à s'enfuir. Elle se laisse arrêter, au contraire, sans résistance. Cela fait partie du plan. De même, il est prévu qu'on fera appel à un avocat pas trop expérimenté mais d'une rigueur morale éprouvée : Me Marescot, pardi ! Il obtiendra sans trop de difficulté le non-lieu et il ne se doutera jamais qu'on n'a pas cessé de se servir de lui. Allons donc ! Il y a les empreintes, celles de Yolande. Il y a tout... Mais il y a pire ! Si elle avoue qu'elle a tué, après avoir protesté si fort qu'elle n'a pas tué, peut-on sérieusement croire que c'est par honnêteté ? Pour sauver de la prison un clochard qui raconte n'importe quoi ? Marescot a beau s'efforcer, il se méfie de Yolande. Elle n'est pas d'un monde où l'on a de ces délicatesses de conscience. Et le juge qui instruit l'affaire, tel qu'on le connaît, n'est pas un enquêteur facile à tromper.

Marescot a hâte d'être au lendemain tant il est sûr, tout à coup, de faire fausse route. Il faut tout reprendre, éplucher chaque phrase. « Voyons ! Vous êtes sortie de l'immeuble où habite votre amant dès que Djamila est partie, et vous l'avez suivie jusqu'aux

111

Nouvelles Galeries. A-t-elle rencontré quelqu'un en chemin ?

— Non.

— Personne ne lui a parlé ?

— Non.

— Et avez-vous l'impression qu'elle était suivie ?

— Non. Je n'ai rien remarqué.

— Vous-même, étiez-vous accompagnée ?

— Je ne comprends pas.

— Je veux dire : vous étiez seule ? Vous agissiez pour votre compte ?

— Bien sûr.

— Vous n'aviez pas d'arme ?

— Non. Je l'ai déjà dit. »

Marescot s'arrête pour offrir une Craven à sa cliente et en allumer une pour lui-même. Ils sont dans la petite pièce qui sert de parloir. Entre eux, une table étroite, si bien que leurs visages sont tout proches, ce qui le gêne, car il aime bien être seul quand il réfléchit. Et il a besoin d'oublier qu'elle est là. Elle sent le savon de toilette. Elle laisse sortir la fumée de sa bouche entrouverte. Elle a beau ne pas bouger, elle contamine l'espace autour d'elle. Marescot soupire. Il sent avec force quand il commence à divaguer, et cette femme ne cesse de lui inspirer des idées idiotes. Tout est pourtant si simple ! Elle a tué. Elle dit non. Elle va maintenant chercher à innocenter l'ivrogne, sachant qu'il n'a rien fait. Pourquoi ?

« Reprenons ! »

Elle ne donne aucun signe d'impatience. Elle

attend, la tête un peu penchée, le regard oblique qui surveille.

« Marchait-elle vite ? Autrement dit : se doutait-elle que vous la poursuiviez ?

— Oui, je le crois.

— Mais elle ne se retournait pas ?

— Non. Simplement, elle se dépêchait de plus en plus. Je pense qu'elle voulait s'échapper par la porte de sortie. Et c'est quand elle m'a sentie tout près qu'elle s'est précipitée dans le Photomaton.

— Elle aurait pu se heurter à un client ?

— Non. Quand un client se fait photographier, on voit ses jambes sous le rideau.

— Alors, là, réfléchissez bien ! Vous avez déclaré que c'est à ce moment précis que vous avez flanché. Vous avez fait demi-tour.

— Oui. J'ai été très surprise par sa brusque disparition. Et de plus j'entendais que quelqu'un s'approchait.

— Le clochard ?

— Oui. Je pense que c'était lui !

— Reste à expliquer le couteau ! A qui ferez-vous croire que vous vouliez rattraper Djamila et qu'au moment de lui mettre la main dessus vous avez brusquement renoncé ? Hein ? Mais supposons : vous la saisissez par-derrière... et puis après ?... Vous l'étranglez ? C'est ça ? Vous oubliez qu'elle était de taille à se défendre. Elle se serait débattue, elle aurait fait du bruit... »

Yolande se tait. Elle ne cesse pas de regarder Marescot comme si elle prenait sa mesure.

« Ce n'est pas à moi de prouver que je l'ai tuée, dit-elle enfin. C'est à vous, à la police, au juge... Et vous savez bien que, faute d'une pièce à conviction, on ne peut pas m'accuser. Vous permettez que je vous pose une question ?

— Je vous en prie.

— A votre avis, le non-lieu que vous me promettez chaque jour, dépend-il de quelqu'un ? Ou bien n'est-ce pas par la force des choses que je l'obtiendrai ?

— Je ne comprends pas.

— Je veux dire : faute de preuve matérielle évidente, n'est-on pas obligé de me libérer, quel que soit le talent du procureur pour me condamner ? Bien sûr, maître, je compte sur vous, mais vous voyez bien mon point de vue ? Ce que vous m'avez aidée à comprendre, c'est que si un crime ne peut pas être attribué à quelqu'un, il va rejoindre les affaires classées ! C'est bien ça ? En somme, un crime doit être signé pour être puni ? »

Marescot ne peut s'empêcher de sourire.

« C'est quand même plus compliqué ! dit-il. Je serais le procureur, j'expliquerais aux jurés que, de deux choses l'une, ou bien vous aviez une arme parce que vous aviez l'intention de tuer votre rivale, ou bien vous n'aviez pas d'arme et vous vous proposiez seulement de lui faire peur, et cela ne tient pas debout. Donc, vous aviez une arme et vous mentez quand vous affirmez le contraire. Un mensonge qu'on déduit est aussi probant qu'un mensonge qu'on avoue !

— Vous pensez donc que je mens ?

— Oui.

— Je vous mentirais à vous qui me défendez ?

— Oui. »

Elle réfléchit longuement, retire doucement du paquet une autre cigarette, ferme les yeux en soufflant sa fumée.

« Exact, murmure-t-elle. Je vous mens. »

Chapitre 9.

Et, pour la première fois, Marescot la voit sourire, non pas que son visage s'éclaire mais il y a dans ses yeux une lueur de gaieté, quelque chose qui se moque, du défi..., de la malice.

« J'ai beaucoup réfléchi ! reprend-elle. C'est vous, maître, qui m'avez mise sur la voie. Vous avez raison ! Je n'ai pas cherché à fuir. Pourquoi l'aurais-je fait ? La police est venue m'arrêter. Bon. J'ai pensé que tout cela allait s'expliquer facilement. On m'a dit : " Vous avez tué ! " Et je réponds : " Avec quoi ? " Ah, c'est vrai. J'ai été l'amie de Paul Chanin. Nous nous disputions fréquemment. Et alors ? Ça prouve quoi, hein ? C'est vous, maître, qui m'avait dit : " On n'a rien de sérieux à vous reprocher. On ne peut pas condamner sur des soupçons ! " C'est pourquoi j'ai fini par comprendre qu'au fond je ne risquais rien. Maintenant, vous me demandez si je mens quand j'affirme que je n'ai pas tué. Eh bien, avec vous je serai franche : " Oui. J'ai tué. " La jalousie, la colère, le désespoir, tout ce que vous voudrez !

116

Tout cela est sans importance, parce que j'ai tué d'une façon... Tenez, vous n'allez pas me croire! J'avais les mains vides, je le jure. J'étais hors de moi mais je n'avais rien prémédité, sans quoi j'aurais emporté un revolver, ou des ciseaux, ou n'importe quoi, pour la frapper.

— Vous voulez dire pour la tuer? intervient Marescot.

— Non, maître! Pour lui faire du mal! Pour l'entendre crier! Je la voyais, devant moi, qui se tortillait, qui se déhanchait, c'était malgré elle. Il fallait qu'elle excite les hommes, la sale pute! Et alors elle est passée devant un rayon de coutellerie. C'est là que ça m'a prise. J'ai volé un couteau, le premier venu, je n'ai pas choisi. Je crois que j'ai couru. En tout cas, elle m'a entendue et elle a essayé de se cacher dans le machin aux photos. Mais j'ai donné par-derrière un grand coup en fauchant. J'ai senti tout de suite que je l'avais touchée, à cause du sang qui a giclé sur ma main. J'ai dit que je serais franche. Eh bien, ce sang... c'était bon, voilà! »

Un silence. Yolande a croisé les bras. Elle les serre contre elle comme si elle avait froid. Elle regarde Marescot et plus loin que Marescot, au-delà des murs à travers lesquels filtrent les bruits de la prison.

« Et ensuite? questionne doucement l'avocat.

— Ensuite? Il n'y a pas d'ensuite! murmure-t-elle.

— Le couteau? qu'en avez-vous fait?

— Ah! le couteau... En passant, je l'ai remis à sa place, parmi les autres.

117

— Sans être vue ?

— Bien sûr, sans être vue ! Vous croyez que c'est difficile ? »

Elle a retrouvé son calme un peu moqueur.

« Evidemment, dit-elle, vous n'avez jamais rien chipé ! Le vendeur est là, comme une espèce de flic. Il ne vous viendrait jamais à l'idée de piquer quelque chose à l'étalage. Ne me racontez pas que c'est de l'honnêteté. C'est de la trouille ! La preuve : s'il y a un événement dramatique, quand tout le monde cavale pour sauver sa peau, qu'est-ce qu'on voit ? Les boutiques pillées, les vitrines dévalisées... Croyez-moi, dans une grande surface, il n'y a pas de surveillance possible !

— Ainsi, vous croyez qu'on peut prendre n'importe quoi sans risque ? »

Elle rit de bon cœur.

« Absolument. Si un jour vous vous intéressez à mon enfance, je vous raconterai des choses qui vous feront frémir, maître ! On n'était pas riches, chez nous, et ma mère était obligée de travailler. Alors, elle me disait : " Jeanne, occupe-toi du déjeuner. "

« Rien ne me faisait plus de plaisir que ça. Je prenais mon cabas et j'allais tout droit au Casino. Par précaution, j'achetais une bouteille de n'importe quoi, juste pour montrer que je faisais des courses, et après je choisissais les choses qu'on aimait bien, à la maison... des boîtes de pâté, de saumon, et je me rappelle du poulet sauce tomate, qu'est-ce que c'était bon !

— Et vous n'avez jamais été prise la main dans le sac ?

— Non, jamais. D'abord, je n'étais pas bien grande. Je me faufilais sans peine. Et puis je n'avais pas conscience d'agir mal. Surtout quand j'avais faim. C'est après qu'on a essayé, à l'école, de m'apprendre ce qui est du tien et ce qui est du mien.

— Ah ! oui, quand même !

— Bof ! Le tour de main reste ! Et même encore, si je vois des conserves de poulet à la tomate. Excusez-moi, maître. Je ne devrais pas vous raconter tout ça ! Mais je sens que vous me comprenez ! C'est vrai ? Je ne vous dégoûte pas un peu ?

— Pourquoi ?

— Vous êtes riche, vous, et bien considéré. Tandis que moi !...

— Je suis avocat ! dit sèchement Marescot. Il ne m'appartient pas de juger mais d'expliquer. »

Elle sourit et lève une épaule avec scepticisme.

« On dit ça ! Mais on parle sans savoir ! »

Elle ne peut s'empêcher de rire, un poing devant la bouche.

« Excusez-moi, maître ! Mais, avec votre air tellement sérieux, tellement absorbé, vous vous feriez coincer avant d'avoir dit ouf. Il y a quelque chose qui vous échappera toujours, c'est le plaisir de piquer, parce que ça, si on ne commence pas tout petit, on est sûr de finir au trou. Allons, je vais tout vous dire... Est-ce que vous savez jouer au poker ?... Pas pour des haricots ! Pour du fric ! Non, bien sûr. Eh bien, c'est quand vous avez du jeu plein la main que vous devez paraître ennuyé. Et quand vous avez une pauvre petite paire de rien du tout, au contraire, vous devez retenir difficilement votre joie.

— Oui, coupe Marescot avec impatience. Il faut savoir mentir. Tout le monde sait ça !

— Non ! Vous n'avez pas compris. Il faut savoir jouer, être acteur, avoir tout un tas de figures, comme des masques. Alors tout se mêle, comme si on était plusieurs. »

Sa voix se brouille. C'est soudain la voix du chagrin. Marescot l'observe avec curiosité.

« Ce n'est pas de vous, cette réflexion ! » dit-il doucement.

Elle sursaute. Elle s'écarte de lui. Ses lèvres tremblent.

« Paul Chanin, n'est-ce pas ? Vous l'aimiez tant que ça ? Non. Ne répondez pas. C'est bien normal. Les amants, tout ce qui est à l'un est à l'autre. Même les mots. Il vous a appris à jouer au poker ?

— Oui. Il aimait tellement ça qu'on jouait l'un contre l'autre... Jusqu'à ce qu'elle vienne tout brouiller !

— Vous ne regrettez rien ? »

Elle le regarde avec stupeur, mais ne répond pas. C'est au tour de Marescot d'être embarrassé.

« Une fois que vous serez libérée, dit-il, qu'est-ce que vous ferez ?

— Je ne sais pas. J'essaierai peut-être de trouver

un engagement. On dit que je me débrouille pas mal, à la guitare.

— Vous continuerez à chaparder ?

— Pourquoi pas ! Ça vous tracasse, hein, maître ?

— Non ! Pas exactement ! Mais on vous aura à l'œil, vous pensez bien !

— Et alors ? Vous croyez qu'on m'attrapera ? »

Elle rit comme une gosse en récréation.

« Si vous voulez, je vous ferai savoir comment je m'y prends. »

Marescot se lève.

« Vous dites des bêtises, Yolande. Nous reprendrons demain, si vous voulez bien. J'aimerais que nous parlions un peu de Gaston Mollinier.

— Lui ? »

Elle fait semblant de cracher.

« Il ne comptait pas ? insiste Marescot.

— Non.

— Il n'y avait que Paul ? »

Il prononce cette phrase avec une espèce de rancune qui le surprend. Tandis qu'il range ses papiers, il a le temps de se dire : « Paul ! Paul ! Mais je m'en fous de Paul ! » Il tend la main.

« Au revoir. Je vous laisse mon paquet de Craven. Si vous avez besoin d'autre chose, ne vous gênez pas... D'ailleurs, vous n'en avez plus pour longtemps. »

Le voilà dehors ; il se sent vaguement vexé, malheureux et pourtant plein d'entrain. Le contact de cette fille, c'est un peu comme une séance de sauna, on a chaud, on a froid, et à peine on la quitte, on voudrait être encore avec elle, pour la bousculer, lui crier : votre boîte de poulet, qu'est-ce que c'est, à côté de ce que, moi, je fais tous les jours ! Et puis vous n'allez pas me donner des leçons, à moi qui tiens dans le creux de ma main votre liberté. Un mot de moi, on vous ouvre la porte. Un autre mot de moi, on vous la claque au nez ! Alors, pas de familiarité, s'il vous plaît !

Pour retrouver son calme, ses certitudes, son petit bonheur de chaque jour, il fait un crochet par la rue Cadet et gagne sa tanière. Joie d'être accueilli par le tremblement de la veilleuse que déclenche l'ouverture de la porte palière. Son butin l'attend, un peu comme une crèche ; il y manque le bœuf et l'âne, mais au centre brille le couteau. Et il en est sûr : il n'y a aucune commune mesure entre les objets exposés ici avec tant de soin et les pauvres larcins de cette fille. Il s'assoit dans son fauteuil. Il a besoin de se reposer comme s'il avait soutenu quelque lutte harassante. Et c'est bien cela, en effet. Il a failli se sentir dominé, considéré, lui, l'avocat et le maître des choses, avec indulgence. Un comble ! C'est vrai, elle est attirante ! Mais ne serait-ce pas un devoir de justice de livrer aux policiers ses empreintes ? Et dans ce cas il l'aurait à sa merci, pendant des mois, l'instruction d'une pareille affaire ne progressant pas bien vite ! Marescot se fouille pour une cigarette. Il se rappelle qu'il s'est privé de tabac pour le geste, comme si ce minuscule cadeau était une espèce de revanche. Mais revanche de quoi ? Il devient idiot avec ce débat qui voudrait lui masquer l'essentiel. Et l'essentiel, c'est qu'il a attrapé cette Yolande comme on succombe à la rougeole, et ça gratte et le mieux est encore de se gratter. Qu'est-ce qu'elle vaut au juste, à la guitare ? C'est un instrument ingrat qui exige un entraînement. Il faut que Mallard se renseigne.

Il appelle son bureau et c'est naturellement sa mère qui décroche.

« D'où m'appelles-tu ?

— Du Palais ! » Ce n'est pas vrai ! Ce n'est jamais vrai parce qu'il déteste dire où il est : « Est-ce que Mallard est par là ?

— Il y a une heure qu'il t'attend. Il paraît que tu lui avais donné rendez-vous.

— Oui, mais j'ai été occupé. J'arrive. Fais-le patienter ! »

Il y a, aux Nouvelles Galeries, tout un secteur réservé à l'alimentation. Jamais il ne l'a visité mais il a hâte, soudain, de voir comment Yolande pouvait bien s'y prendre quand elle allait, autrefois, « aux provisions » ! Des années plus tôt, la disposition des articles devait être très différente. Mais il fallait se munir d'un chariot. Le système n'a pas changé. Et l'on pousse devant soi, comme autrefois, son caddy, entre des murs de boîtes, de flacons, de paquets multicolores, parmi des clientes attentives, qui ont l'air d'infirmières promenant des invalides. Marescot s'engage dans l'allée principale et commence à défiler lentement, surveillant les conserves et cherchant à repérer la boîte qu'il sera facile d'emporter. Il s'aperçoit très vite que c'est au-dessus de ses forces. Un petit salé aux lentilles, par exemple, c'est tout de suite quelque chose de volumineux qui refuse de se laisser glisser dans la poche. La choucroute, pas question. Il a fait semblant de s'y intéresser, l'a soupesée, d'une main dans l'autre, l'a même déposée dans son chariot, où la boîte s'est mise à rouler dès qu'il a touché à la poussette. Et c'est pareil avec l'osso bucco, avec les champignons à la crème... Côté poisson, il y aurait peut-être à tenter quelque chose, parce qu'ils sont couchés dans des boîtes plates, les soles notamment. Mais ils sont dans des bacs réfrigérés. Ils vous glacent les mains. Et puis on se rend compte tout de suite que cet homme aux gestes si maladroits n'est pas du tout à sa place parmi les clientes affairées. Non! Décidément, la fille marque un point. Ils ne travaillent pas du tout dans les mêmes spécialités. Marescot renonce. Il laisse même son caddy en panne au milieu d'une allée. Ici, un surveillant ne tarderait pas à le prendre en filature. Il sort rapidement, assourdi par le haut-parleur, vexé de son échec et assailli par les doutes qui ne le lâchent plus. Il sent, il est certain qu'il est en train de faire une bêtise. Il serre les poings de rage et, arrivé devant son immeuble, il prend le temps, devant sa porte, de se composer un visage. Une idée folle lui traverse l'esprit : vivre avec Yolande, sans avoir de compte à rendre à personne, apprendre d'elle ce qu'une longue et triste expérience lui a enseigné et, en même temps, se montrer à elle dans sa vérité, avec ses faiblesses, chacun s'améliorant grâce à l'autre. Il entre. Sa mère est là. Elle l'a entendu venir, malgré la distance. Elle jette sur lui ce regard du sergent qui voit rentrer le permissionnaire, mais elle baisse la voix et sans remuer les lèvres, comme une détenue, pour dire : « Est-ce qu'on l'invite à déjeuner ?

— Oui, oui, bien sûr ! »

Avoir un convive qui ne demanderait qu'à bavarder, c'est une chance. Il n'a pas trop de peine à dissiper les scrupules de Mallard. Tout de suite, il l'interroge sur cette fille, et c'est parti.

« Est-ce que le commissaire a obtenu de nouveaux renseignements sur Yolande Rochelle ?

— Oui, et d'abord qu'elle s'appelle de son vrai nom Jeanne Baudoin.

— Je sais. Ce que je voudrais savoir, c'est ce qu'ont été ses moyens d'existence avant sa liaison avec le commandant du Boeing ? Il me semble que la police sur ce point n'a pas fait toute la lumière. Servez-vous, mon vieux ! Allez-y.

— Je vais vous dire, maître. Tout l'équipe du commissaire Jandreau est tellement persuadée qu'on fait fausse route avec Yolande Rochelle qu'ils s'intéressent surtout à Mollinier et à Paul Chanin. Un steward d'un côté, un commandant de bord de l'autre, ça sent bon la drogue.

— Quelle horreur ! murmure la vieille dame.

— Et attendez ! continue Mallard. Ce petit orchestre, où Yolande jouait parfois de la guitare, eh bien, il

125

fait de fréquentes tournées à l'étranger. Alors on est en droit de supposer que ce n'est pas seulement pour l'amour de l'art ! Et d'ailleurs, les Galopins — c'est leur nom de guerre — gagnent beaucoup d'argent.

— Mais alors Yolande aurait dû en picorer sa petite part ? Or l'instruction a montré qu'elle vivait un peu juste !

— C'est vrai ! Il y a là un petit mystère. D'après l'inspecteur Crumois qui travaille là-dessus, c'est la victime, Djamila, qui aurait profité des largesses de son amant. D'où le drame, précisément. Mais il y a un autre aspect de l'affaire sur lequel la section financière du parquet a mis un de ses hommes. Le meneur de jeu des Galopins a fait de fréquents séjours à Genève. Qu'est-ce que ça cache ?

— Vous voyez, mère », intervient Marescot. En présence d'étrangers, il ne la tutoie jamais. « Cette petite, je parle de Yolande, n'est pas gravement coupable. On ne peut retenir contre elle que la jalousie et encore à supposer qu'elle ait tué sa rivale, ce qu'elle nie énergiquement.

— Vous pouvez m'expliquer, monsieur Mallard, dit la vieille dame, pourquoi mon fils s'intéresse tellement à cette gourgandine ? »

Mallard joue le jeu de l'apaisement :

« C'est son devoir d'avocat, chère madame. Qu'il enlève le non-lieu et vous verrez sa cote monter.

— Vous parlez de lui comme si c'était un cheval ! » observe-t-elle aigrement.

Mallard cherche des yeux Marescot pour lui faire

comprendre qu'il n'a pas voulu être désagréable mais Marescot, tout à son idée fixe, reprend :

« Elle joue vraiment bien de la guitare ? »

Cette fois, Mallard s'avance très prudemment.

« On le dit ! D'ailleurs c'est facile à vérifier. Je me suis procuré un disque des Galopins.

— Quoi ! »

Marescot bouscule la table en se levant.

« Où est-il ?

— Dans votre bureau. J'ai eu assez de mal à me le procurer. »

Marescot est déjà dans la pièce voisine. Sa mère quitte la table sans un regard pour l'invité.

« Où l'avez-vous mis ? crie l'avocat.

— Voilà. Je viens. Je l'ai enregistré sur mon magnétophone. »

L'appareil est sur une chaise avec les gants du détective. Pendant le travail Mallard est toujours ganté. Il manipule des boutons, règle l'intensité et s'assoit sur le bord du fauteuil, dans l'attitude recueillie du mélomane comblé. Marescot fronce les sourcils.

« Vous n'allez pas me dire que c'est de la guitare, cette espèce de grattouillis !

— Attendez. Ça va commencer. »

Et soudain, elle est là, la guitare, si proche qu'on perçoit le léger sifflement des doigts le long des cordes, la vibration métallique des notes hautes quand le pouce les sollicite et une mélodie mélancolique comme un fado se développe, toute seule, puisant en elle-même son accompagnement comme un double chant en sourdine. Marescot s'est immobilisé, le geste de la main comme pétrifié. Il l'achève avec lenteur. Il se glisse jusqu'au canapé, d'un geste qui fauche l'air il fait signe à Mallard de se taire, et il écoute, de l'air endormi d'un croyant retiré en lui-même. Marescot n'est pas musicien. Mais il y a des sons, des accords, qui le paralysent, le vibrato du violoncelle, même s'il n'exprime rien, le fredonnement enroué du saxophone, la voix rêveuse du cor anglais et surtout l'immense écho du piano qu'on éveille en posant un doigt sur le clavier, tout à gauche. Marescot n'en sait pas plus long. Il ne connaît pas la musique. Il a retenu pêle-mêle les noms des grands, bien sûr, Mozart, Beethoven, Bach... Mais il n'aime pas les concerts, qui le fatiguent et l'ennuient. Ce qu'il apprécie, c'est le violon solo, le violoncelle, ah ! oui... Tout ce qui raconte, tout ce qui confie, tout ce qui caresse... et pas forcément l'instrument le plus noble, mais parfois l'accordéon quand il prend sa voix de chagrin. Et voici que cette guitare lui dit des choses tendres, d'une douceur qui chavire le cœur. Elle parcourt on ne sait quel chemin d'amour, avec de furtifs pincements qui sont comme des doigts sur la peau, comme s'ils longeaient savamment des espaces de sonorité semblables à des zones érogènes.

Un long silence s'installe.

« Ça vous plaît, patron ! »

L'imbécile ! comme si c'était de l'ordre du plaisant, de l'agréable, alors que cette guitare, c'est du frisson,

128

de la transe amoureuse. Il est tombé amoureux de
Yolande. Oh! comme il la déteste, soudain! Encore
un peu et il s'abandonnait. Moi, Marescot, je baissais
ma garde. Je perdrais la face devant Mallard. Attention.

Chapitre 10.

Non, maintenant il est à peu près sûr d'avoir le dernier mot. C'est vrai, elle l'attire ; elle n'est pas belle, elle n'est pas jeune, elle n'est pas cultivée. Alors, pourquoi a-t-il hâte, chaque jour, de la revoir ? Elle n'a plus rien à lui dire. Elle lui a raconté son enfance, sa jeunesse, ses amours, sans complaisance, d'une voix indifférente, comme si elle avait parlé d'une autre. De temps en temps, elle s'arrête, allume une cigarette, se rassemble et repart, de la même voix qui chuchote... « C'est après, dit-elle, que j'ai volé mon premier autoradio »... ou bien « C'est le jour de l'exposition Van Gogh... Un gros portefeuille »... Ou encore elle se corrige : « Le chéquier, ce n'est pas à Saint-Lazare. C'est à Beaubourg que je l'ai pris. » Et chaque aveu, présenté ainsi comme un épisode banal et même comme un travail rebutant, dans sa monotonie, fait sursauter Marescot. Au début de ses rapports avec Yolande, il se sentait le maître du jeu. Elle l'intéressait comme une sorte de délinquante identique à tant de filles perdues, toutes identiques, comme les bêtes d'un chenil, affolées de solitude. Celle-ci avait tué. Mais c'était un cas spécial, pas un crime tout à fait vrai puisque Marescot en revendiquait quelque chose. C'était même, dans les premiers temps, ce qui l'attachait à Yolande. Mais bien vite il avait oublié la terrible ambiguïté de leurs tête-à-tête. D'abord il était certain d'obtenir un non-lieu, ce qui lui assurait une totale liberté d'esprit. Et ensuite il était fasciné par l'espèce de monstrueuse bonne conscience dont elle faisait preuve. Le meurtre, oui, c'était la faute qu'elle ne se pardonnait pas. Mais tous ces vols dont la mémoire lui revenait en désordre, elle trouvait cela plutôt drôle. Car (ce que Marescot découvrait avec une sorte d'effroi) elle était devenue, peu à peu, une professionnelle. Les premiers larcins, bon, il fallait bien vivre ! Mais la chasse au porte-feuille, dont elle parlait paisiblement, comme d'une saine distraction, c'était cela qui torturait Marescot. Il n'osait pas l'interrompre, lui dire : « C'est honteux. » La honte, c'est lui qui l'éprouvait. Et non seulement la honte, mais un sentiment plus secret, plus affreux, en quelque sorte plus gluant, une curiosité un peu haletante qui, de temps en temps, repoussait toutes les barrières, éclatait en protestations.

« Allons, vous me soutenez que vous avez pris le saphir de cette Américaine, comme ça, à la barbe de la préposée ? »

Elle le regardait avec ce regard qui avait déjà vu tant de choses.

« C'est pourtant vrai, maître. Dans un palace, les

131

clientes enlèvent toujours leurs bijoux pour se laver les mains. Elles parlent entre elles. Il suffit d'être là. Vous mettez un tablier blanc sur une jupe noire et vous êtes du personnel !

— Mais pour revendre la bague ? »

Marescot s'en voulait d'avoir posé la question. Dans ces moments-là, il se rendait compte qu'il n'était qu'un enfant auprès d'une personne qui n'avait plus d'âge. Avec aplomb, il avait pris le parti de rire.

« J'enrichis mes sources. Vous connaissez sans doute des receleurs que j'ignore. »

Silence. Par ces silences-là, elle appartenait au monde de l'ombre, et Marescot sentait bien qu'il n'en franchirait jamais le seuil. Elle le voyait venir de loin quand il commençait à poser certaines questions. Tout de suite, elle éludait.

« Vous vous trompez, maître. Je n'étais quand même pas ce que vous croyez. Je profitais des occasions, c'est tout.

— Personne ne vous conseillait ?

— Non. C'est une affaire d'instinct. Si on n'a pas le don... inutile d'insister. »

L'entretien tournait souvent à la conversation, devenait détendu, amical.

« Je me rappelle, disait-elle, une fois...

— Oui. Continuez. Ça reste entre nous.

— On avait été invités chez un riche Hollandais, au *Plaza*. Oh ! et puis non... je ne sais pas pourquoi je vous raconte ça.

— Je vous en prie... Vous n'avez plus confiance ?

— Si, si ! Mais je vois bien que je vous déplais quand je vous parle de mes aventures.

— Pas du tout. Je me renseigne ; comme c'est mon devoir ! »

Elle réfléchissait, la cigarette lui jaunissant les doigts.

« Voyez-vous, maître, ce que je ne comprends pas, c'est que vous attachiez tant d'importance à ce qui n'en a pas. Je pensais que vous alliez m'interroger sur les hommes que j'ai connus, car j'en ai connus pas mal. Mais non ! Un jour, j'ai volé une Peugeot, avec un ami. Eh bien, ce qui vous passionne, ce n'est pas l'ami c'est l'auto. Je ne vous comprends pas. »

Mais il se comprend, lui. Il se force pour sourire et lui cacher son dégoût. Elle a tué et il s'aperçoit, en l'écoutant, que ce crime est lui aussi une espèce de vol. Djamila lui a volé son amant. Il y a, dans la pensée de Yolande, une sorte de ligne de partage. Ce qui appartient aux autres est à tout le monde. On se sert. Mais ce qui est à moi, pas touche ! Et Marescot est obligé de s'avouer qu'il comprend cela, profondément, et qu'il lui répugne de sentir, quand l'envie de prendre le possède, ce désir de proie fermenter dans son sang. S'il aimait une femme, ce n'est pas elle qu'il volerait à un rival, mais il serait passionnément attaché à son sac à main, à son poudrier, à son parfum. Peut-être assassinerait-il pour garder un clip, une écharpe, ne fût-ce qu'un reflet. C'est Yolande qui est normale. C'est lui qui est un déviant. Se peut-il ?

Quand il se retrouve dehors, la lumière l'éblouit. C'est tout juste si la tête ne lui tourne pas. Il lui faut un moment pour se retrouver, et en quelque sorte se consoler de n'être pas un vrai voleur, privé de sens moral. Il rétablit entre elle et lui une espèce de distance de sécurité. Il se félicite même d'être un malade parce que la maladie, d'avance, l'excuse. On ne peut pas reprocher, par exemple à un névropathe, certains écarts de conduite tandis qu'on est en droit de sanctionner la maraude, c'est évident.

Cette idée l'a frappé alors qu'il franchissait le pont Mirabeau, tout à sa hantise. Surtout, n'être pas, n'être jamais confondu avec une Yolande ; avoir l'assurance de garder, quoi qu'il arrive, les mains pures, innocentes. Pouvoir s'accorder la permission de mépriser et de punir. « Ce n'est pas mon rôle de punir, se disait-il. J'ai fait fausse route. Mon père avait raison. J'aurais dû être juge d'instruction. Il n'est peut-être pas trop tard. »

Soudain possédé par ce besoin impérieux de justice, il rebrousse chemin et hâte le pas vers sa demeure, la vraie, la silencieuse, celle où l'on peut se recueillir. Le musée l'attend. Marescot s'assoit et médite. Est-ce un musée ? N'est-ce pas plutôt un oratoire ? Non pas le lieu de ses défaites mais celui de ses repentirs ? Cette fille, avec ses souvenirs impudiques, lui a définitivement gâté la joie d'être quelqu'un d'exceptionnel. Et cependant il l'est, exceptionnel. Mais petitement. Parce que, il s'en est rendu compte au contact de cette virtuose, elle a sur lui une supériorité haïssable : elle sait s'y prendre mieux que lui. Elle ment souvent. Elle se vante plus d'une fois. Mais on sent bien qu'elle possède cette espèce de métier qu'est le rapt exactement comme elle a dans les doigts, spontanément, le don de la musique. Et cela, Marescot ne le lui pardonnera jamais. Il va lui obtenir le non-lieu par la force des choses ! Mais il n'a pas dit son dernier mot.

Il cherche un bloc de correspondance sans en-tête, s'installe devant le couteau. Il préfère écrire à la main. Ça sonne plus juste.

Monsieur le Procureur de la République...

Inutile d'en écrire plus long, aujourd'hui ! A mesure que Yolande, qui y prend plaisir, fera défiler ses souvenirs, cette lettre accusatrice se complétera d'elle-même. Toutes les circonstances de l'assassinat de Djamila y seront soigneusement détaillées. Ainsi seront châtiés, par un détour, tous ces larcins qui le narguent comme autant d'exploits !

Il a ouvert un dossier secret divisé en plusieurs sections. La première contient quelques notes concernant les éléments les plus sûrs de l'enquête : disposition des lieux autour du Photomaton, position du stand de la coutellerie par rapport à l'endroit du meurtre ; photos du couteau prises par lui-même ; photos des empreintes ; biographie de Yolande. Deuxième section : ses mensonges. A) Ce que l'on sait, à coup sûr, de sa jeunesse. B) Ce qui reste probable, après l'enquête de police. C) Ce qui relève de la fiction. Il paraît notamment évident que Yolande n'a jamais été la pauvresse qu'elle se plaît à décrire. En revanche, il est établi qu'elle a mené une vie aventureuse en France et à l'étranger (enquête en cours). Cependant, elle n'a jamais été fichée comme call-girl. Troisième section : ses aveux de pure invention. Là, Marescot a consigné tout ce qui touche aux vols. Qu'elle soit une voleuse d'occasion, rien de plus certain. Mais elle prend plaisir à imaginer des vols si peu vraisemblables qu'elle aurait forcément attiré sur elle l'attention de la police.

Marescot rêve, quand il relit ces notes et les met à jour. Il ne peut s'empêcher d'imaginer Yolande en train d'opérer. C'est passionnant comme une bande dessinée. Elle a le sens du détail juste, de la minute vraiment vécue. Un jour, elle a eu envie d'une boussole.

« Pourquoi une boussole ?

— Parce que ça ne sert à rien, mais c'est joli, au poignet, comme une montre. »

Ça, Marescot ne le lui permet pas. Qu'elle chipe des choses utiles, soit, il l'accepte. Mais qu'elle se mêle de ce qui ne la regarde pas... Qu'est-ce qu'elle sait de ce qui est beau, l'idiote...

« Cette boussole, elle était entourée de brillants ? Je veux dire d'une verroterie qui tire l'œil.

— Non, des pierreries élégantes ! »

Le voilà rassuré ! Il s'agit d'une boussole imaginaire. Ce qu'elle convoite, quand elle se met à

136

inventer, c'est toujours du clinquant, du bizarre. A noter dans la section réservée à la fiction... Allez, à demain. Il lui laisse un paquet de Camel, avant de sortir. Encore quelques paroles d'encouragement. La décision est imminente. Elle va être libérée, vous m'écoutez? Vous ne devrez pas quitter la ville. Je vous expliquerai... Ils sentent tous deux qu'ils sont les complices d'une injustice. C'est une criminelle qui va sortir sous la protection d'un avocat indigne. Mais Marescot se promet de ne pas la perdre de vue... le temps de terminer la lettre au procureur et de laisser la loi achever son œuvre.

Cependant, il fallut attendre encore une semaine avant d'obtenir la décision finale. Ce n'était pas le non-lieu mais cette espèce de libération sous surveillance qui donne l'impression au prisonnier libéré d'être toujours à l'attache. Marescot a reçu des félicitations. Le bâtonnier lui a serré la main sous les flashes de la télévision. On a grogné chez les policiers... « Elle a eu de la veine de l'avoir... On ne m'ôtera pas de l'idée qu'elle a tué l'autre! Qui voulez-vous que ce soit? » Et les journaux ont pris le relais. « Alors qui? » titre, pour finir, *Libération*. Mme Marescot est la seule à ne pas se réjouir. Depuis des jours, elle surveille son fils. Elle a deviné, elle sent, elle est prévenue par des signes mystérieux qu'il y a une femme en train peut-être de lui voler son fils.

137

Et elle est capable, elle, de répondre à la question du journaliste. « Qui ? Mais cette gourgandine, bien entendu ! Elle aurait dû être condamnée cent fois. J'ai prévenu Henri. Ne te laisse pas entortiller. Sinon... » Marescot est lui-même bien embarrassé. Lâcher Yolande dans la nature... Elle est bien capable de faire une bêtise. D'autre part, s'occuper d'elle ouvertement, c'est dangereux. Il se donne une semaine pour arrêter une ligne de conduite à la fois prudente et efficace. Prudente, car il faut prévoir les racontars. Mais efficace, car il n'a pas perdu de vue l'étrange expérience qu'il veut tenter, avant d'envoyer la lettre au procureur.

Yolande a loué une chambre dans un petit hôtel du Quartier latin, assez loin du domicile de Marescot. Il lui a donné de l'argent pour l'aider à se chercher du travail. Il l'invite à dîner, de temps en temps, ce qui est une manière discrète de la surveiller. Elle lui raconte ce qu'elle a fait, mais est-ce vrai qu'elle a essayé de renouer avec les Galopins ? Ils n'ont pas besoin d'elle à la guitare. Pour en avoir le cœur net, Marescot convoque Mallard qui, justement, n'a pas beaucoup de travail et serait ravi d'être à nouveau employé.

« La suivre ? Mlle Yolande ? »

Il a dit ces mots en baissant la voix, pressentant un nouveau mystère.

« Oui. Ce n'est pas bien difficile. Elle habite à l'*Hôtel d'Anjou*. Telle que je la connais, elle doit se lever sur le coup de 11 heures, manger un sandwich dans le quartier, et c'est après que je voudrais savoir à quoi elle s'occupe. Qui rencontre-t-elle ? En principe, elle doit chercher du travail mais ça m'étonnerait. Je veux un rapport tous les jours, à 19 heures, au téléphone, mais pas rue de Châteaudun. Rue Cadet.

— Facile.

— Si par hasard elle allait au Bon Marché ou au Prisunic, enfin dans un grand magasin... alors, attention... elle pourrait bien voler quelque chose ! Je dois le savoir tout de suite.

— Vous croyez que... ? Mais on vient juste de la relâcher ?

— Justement. Alors c'est entendu ?

— Compris. »

Cette fois, il est bien décidé. L'intrusion de Yolande dans sa vie a tellement troublé ses habitudes qu'il se sent incapable de s'attacher à une activité quelconque. Même pas à une distraction. Tout l'ennuie. Savoir ! Savoir comment elle passe son temps ! Elle est bien trop prudente pour chaparder, alors qu'elle est encore sous l'œil de la police. Qu'elle se fasse prendre la main dans le sac et c'est aussitôt la prison. Et alors, pour son avocat, quelle gifle ! Mais s'il écrit au procureur, s'il déclenche une nouvelle action judiciaire, le résultat ne sera-t-il pas le même ? La rumeur publique n'a pas fini de le traîner dans la boue !

Il médite durement, de square en jardin public, malheureux, incertain, écrasé par le poids d'un secret qu'il ne peut ni révéler ni étouffer. Le mieux est de laisser au temps le soin de fournir la solution de l'oubli. Mais il n'y a pas d'oubli possible! Dès qu'il passera devant l'objet d'une nouvelle tentation, il se retrouvera comme aujourd'hui, nu, sans force et, de plus, désespéré! Car il repensera à ces aveux de Yolande et il ne pourra s'empêcher de se dire : ce stylo plaqué or, ou bien cette écharpe signée Cardin, aurait-elle été capable de...? Et moi, en suis-je capable? Et si je me fais prendre, c'est pire qu'un suicide! Et si je ne me fais pas prendre, elle ne saura jamais que j'étais plus fort qu'elle. Et c'est cela, oui! j'ai toujours envie de l'écraser! Mais alors je dois renoncer à cette lettre anonyme au procureur. Au contraire, je dois la signer : *Moi, Henry Marescot, j'ai reçu la lettre suivante d'un témoin qui ne veut pas se faire connaître et je m'empresse de la verser au dossier. Elle ruine tout mon système de défense mais la vérité doit primer l'amour-propre*, etc.

C'est peut-être la bonne solution. Réfléchissons encore. Du fait que je livre le couteau, il est impossible de déduire que je suis moi-même atteint d'une névrose ; je sauve la vérité sans me compromettre. Une réflexion comme celle-là ressemble à un rayon de soleil perçant la pluie. Ranimé, Marescot savoure le doux orgueil de ne ressembler à personne. Mais le couteau? S'il expédie la lettre sans le couteau... on pensera qu'elle est le fait d'un mauvais plaisant. Se séparer du couteau, jamais. Les photos devraient suffire. Oui? Non? Il ne sait plus. Ce qui est sûr, c'est qu'il devra cacher ou détruire son matériel photographique... supprimer toute piste remontant vers lui ! Il a beau se dire : « Pas de panique. Ma force, c'est mon sang-froid ! », c'est que justement, il commence à avoir peur de Yolande, maintenant qu'elle est libre. Le couteau c'était une espèce d'affaire privée, entre lui et lui, ou plutôt entre lui et un assassin en partie imaginaire, sur lequel il avait barre, et qu'il pouvait à volonté convoquer devant lui ou renvoyer parmi les ombres. Yolande, au contraire, il l'a toujours sentie fine, maligne, formée par des années difficiles. Elle est de ces êtres à part, plus aptes à survivre que les autres, tels qu'on les voit, à la télé, parmi les ruines d'un tremblement de terre ou d'une inondation. Elle lui a sauté au cou, pour le remercier. Mais... mais, Marescot ne sait pas quoi mettre après ce mot. Peut-être serait-elle capable de le cambrioler s'il l'amenait chez lui. Cette idée ne lui était jamais venue. Il se rend compte, soudain, qu'il suffit d'ajouter un objet volé à un objet volé pour que l'on puisse parler de cambriolage et non plus de larcin. Son musée... ah ! ce qu'il aperçoit tout à coup, c'est quelque chose qui lui vaudrait de six mois à un an.

Bar... double cognac. Le cœur qui cogne. Marescot respire mal. Qu'est-ce qu'il est allé se mettre en tête ! Yolande n'oserait pas... Où est-elle en ce moment ? Il aurait dû fixer deux fois rendez-vous à Mallard. Pour tuer le temps, il va au cinéma, retourne au café, traverse à plusieurs reprises les Nouvelles Galeries, et enfin il est 19 heures.

141

« Allô ? Qu'est-ce qu'elle a fait ? »

Mallard toussote. Il a l'air bien embêté !

« Je n'y comprends rien, dit-il. Elle vous a suivi.

— Comment ça ?

— Eh bien, elle vous a suivi, quoi ! D'assez loin pour ne pas être surprise. Mais très adroitement, je dois dire. Votre promenade, d'abord. Et puis le bar, près de Saint-Lazare. Et puis le cinéma. Après, les Nouvelles Galeries. Là, je l'ai perdue pendant une demi-heure. Après, je l'ai revue rue Cadet. Voilà.

— A-t-elle parlé à des gens ?

— Non.

— A-t-elle fait des achats ?

— Non.

— Elle ne portait pas un paquet, par exemple en sortant des Galeries ?

— Non.

— A votre avis, pourquoi me suivait-elle ?

— Pour savoir où vous habitez, je pense. Elle a bien regardé la maison.

— Merci. Continuez à la suivre. Appelez-moi demain à midi. »

Il dîne seul, dans l'office. Sa mère, ostensiblement, lui fait sentir qu'elle est fâchée. S'en prendre à qui ? Expliquer quoi ! Marescot songe que le plus simple serait de détruire le musée et de consulter un neurologue.

Chapitre 11.

Que s'était-il donc imaginé ? Qu'ils se sépareraient gentiment après quelques jours de courts rendez-vous de pure forme ? « Je m'habitue à ma nouvelle vie. Je cherche du travail. Vous voyez, maître, je suis sage. Vous pouvez me faire confiance. Je vais me débrouiller. Si vous permettez, de temps en temps je vous donnerai un coup de fil pour vous dire que tout va bien, etc. » Marescot voyait venir sans peine ces dernières rencontres après lesquelles il n'entendrait plus parler de Yolande. Et voilà que surgissait une péripétie imprévue. Voulait-elle plus d'argent ? Ou bien avait-elle cru que ses confidences lui ouvraient le cœur de l'avocat et préparaient peut-être une liaison à cultiver sans tarder ? Il flairait un danger prochain, et pas moyen de revenir en arrière. A partir de ce couteau maléfique, les événements avaient commencé à s'enchaîner comme un engrenage et à l'entraîner vers quelle catastrophe ? Il était urgent d'en finir avec cette fille ! Maintenant, c'était une chose décidée. La lettre au procureur !

Il fait une toilette rapide, lui qui aime tellement s'attarder sous la douche. Son fil-à-fil gris qui appelle le petit nœud papillon bleu à pois blancs. Ses gants (ils auraient grand besoin d'être remplacés). Cigarettes, briquet. Ah ! une enveloppe solide pour le couteau et du papier collant pour renforcer le rabat. Et puis l'attaché-case, évidemment. Il laisse un mot sur la table de la salle à manger. *Ne t'inquiète pas. Je rentrerai vers 18 heures. Baisers.*

Il y a longtemps que cette formule n'a plus que la valeur d'une ponctuation. Un coup d'œil machinal vers le magistrat qui monte la garde, dans son cadre. Il sort. Regard circulaire. La voie est libre. Il s'arrête au bar, il a le temps. 11 heures. Il a l'impression bizarre qu'il part pour un long voyage ou plutôt qu'il va accompagner un ami (âgé) à demi perdu. Il y a une grille d'égout, au carrefour de la rue Cadet. C'est là qu'aura lieu la séparation. Tant de riches émotions, tant de peurs, de joies, de rêves... et pour finir cet égout. C'est trop injuste. Le croissant ne passe pas. Marescot a l'impression de mâcher sa disgrâce. Il lève les yeux vers la rue. Ce n'est pas possible !...

C'est bien elle. Habillée de neuf. Elle n'a pas perdu de temps. Jupe courte, blouse claire, marchant à petits pas, la tête levée vers les numéros des immeubles. Et pas de Mallard. Il s'est encore fait semer, l'idiot. Mais Yolande rue Cadet, cela signifie qu'elle connaît la seconde adresse, celle du refuge. Que veut-elle ? Pourquoi s'accroche-t-elle ainsi ? Plus question de se débarrasser du couteau! Il faut d'abord savoir ce qu'elle a en tête.

Il paye et sort sans précipitation. Il y a longtemps qu'il a mis au point cette technique... la cigarette qu'on allume sur le seuil, les deux pas nonchalants, tête levée comme si l'on regardait l'état du ciel. Le coup d'œil à la montre du poignet. Manœuvre réussie. Il la voit, pas très loin. Facile de la rattraper.

« Ah! par exemple! Si je m'attendais... »

Main tendue, visage de bienvenue. Mais s'il avait espéré qu'elle allait perdre son sang-froid, il en est pour ses frais.

« Qu'est-ce que vous cherchez, dans ce quartier?

— Ne me grondez pas, Maître. Je ne cherchais rien. Je voulais simplement voir les endroits où vous vivez. J'ai bien le droit d'être curieuse, après tant de tête-à-tête.

— Mais personne ne sait que j'ai ici un petit appartement?

— C'est bien ce qui m'a embarrassée, parce que je voulais vous faire un petit cadeau... un tout petit cadeau... Ce n'est pas défendu? Simplement pour vous remercier. »

Elle ouvre son sac et en retire un mince paquet allongé.

« Ce sont des gants, explique-t-elle. S'ils ne sont pas à votre taille, vous pourrez aller les changer. Ne craignez rien! Je les ai achetés! »

Elle guette, non, il n'est pas fâché. Il est même touché, à en juger par la façon dont il tient le

145

paquet... avec quel soin, quelle douceur. Il a redouté le pire et il se remet de son émotion. Il dit ce qu'on dit d'habitude. « Merci ! Il ne fallait pas. Ce que j'ai fait... » Là, il s'arrête, secoue la tête...

« Mais comment avez-vous obtenu cette adresse ?

— Oh ! c'est bien simple ! Je me suis aperçue que j'étais suivie, pendant que je m'amusais moi-même à vous suivre. Pour ça, il faut être une femme, bien sûr. Vous êtes rentré chez vous. Alors, j'ai compris que vous aviez deux adresses. Vous n'êtes pas le seul. J'ai connu un industriel un peu coureur. Lui, il avait trois adresses. Ça vous contrarie beaucoup.

— Non. Pas du tout. »

Il ouvre la boîte qui porte la griffe du commerçant : *L'Homme Chic*. Elle a tenu à le rassurer, et en même temps à le mettre en garde.

« Vous aviez l'intention de donner le paquet à la concierge n'est-ce pas ?

— Oui. Je lui aurais dit : " C'est de la part d'une dame. " »

Il sourit.

« C'est très gentil, mais vous teniez aussi à me faire savoir que si j'étais renseigné sur vous, vous l'étiez aussi sur moi ! Fine mouche !

— Non. Vous vous trompez. J'ai simplement besoin d'être rassurée. Je peux avoir à vous demander conseil. Et puis », elle lui prend le bras, « ce ne serait pas poli de se séparer comme ça ! Vous ne trouvez pas ? »

Marescot hésite. Ils sont à deux pas du musée. Il

devrait l'inviter à entrer. Impossible. Tant pis, il passera pour un goujat, ce qui bouscule toutes ses habitudes d'homme bien élevé. Mais il ne peut pas mettre en présence le couteau et celle qui... Non. Il ne voit qu'un moyen d'éviter l'épreuve.

« Nous monterons chez moi une autre fois ! dit-il. C'est plein de désordre. Voulez-vous que nous déjeunions ensemble ? Je connais un endroit tranquille. »

Maintenant, il faut qu'elle retire sa main. Sinon, ce soir, il y aura fatalement quelques bons confrères qui se téléphoneront.

« Elle est sa maîtresse ! Qu'est-ce que j'avais dit !... »

Le mieux, c'est de jouer l'impatience du bonheur. Il lui confie son attaché-case en s'excusant.

« Vous permettez ! J'ai tellement hâte de les voir. Tant pis, j'ouvre la boîte, oh ! vous avez fait une folie ! »

En lui-même, il pense en même temps : « Facile, de faire des folies ! Avec mon argent. » Mais il continue sur le même ton de ravissement : « Comment avez-vous deviné ma pointure ?

— J'ai l'œil ! répond-elle. J'ai travaillé un moment chez Nina Ricci... Pas longtemps. On a eu des mots. »

Elle s'amuse maintenant de l'étonnement scandalisé de l'avocat.

Leur rencontre a trouvé sa nuance. Il arrête un taxi : « Au *Manoir de Touraine* », et pour elle, il explique : « C'est tout à côté de l'Opéra. Trois petites

salles tranquilles. On y mange bien »... et après :
« Pendant que je vous tiens, je vous demanderai
quelque chose qui vous paraîtra sans doute stupide
mais qui ne cesse de me trotter dans la cervelle.

— C'est quoi ?

— Vous verrez. »

Le taxi les dépose devant une façade étroite. On
aperçoit des tables, un maître d'hôtel.

« Là-bas », dit Marescot. Ils s'installent près d'une
fenêtre. La carte, l'étude du menu, les commentaires
de rigueur à propos de certains plats particulièrement
appétissants.

« Je vous conseille le canard à l'orange, murmure
Marescot.

— Vous venez souvent ? dit-elle.

— Non. Je suis obligé de faire attention.

— C'est comme moi. Quand on mange n'importe
quoi, pendant des années, ça se paye. »

La conversation prend tout de suite un tour fami-
lier et Marescot profite de ce moment d'intimité pour
poser les questions qui lui tiennent à cœur.

« Maintenant que vous êtes libre, avouez que vous
m'avez souvent fait marcher.

— Moi ?

— Oui. Vous avez tout de suite compris qu'il vous
était facile de me bouleverser par le récit de vos
malheurs et de vos faiblesses. C'est vrai, je reste
marqué par une éducation étroite et vous en avez
profité pour vous jouer de moi, oh ! ce n'est pas un
reproche et après tout j'apprenais mon métier... Mais

148

avouez que vous m'avez raconté plus d'une fois des histoires invraisemblables, inventées pour le plaisir...
Ah ! gentil bourgeois à principes, tu veux de l'émotion et du dégoût, alors, tiens, le vol du saphir ou encore le coup du portefeuille du marchand de bestiaux... Vous pensez vraiment que j'étais dupe ?
— Non.
— Eh bien, vous avez tort. J'étais dupe. Pas tout à fait mais un peu, quand même ! J'ai fini par comprendre, vous savez ! Vous exerciez une espèce de vengeance, n'est-ce pas ? Puisque vous étiez arrêtée et emprisonnée, et puisqu'on vous avait désigné un avocat d'office... forcément le moins capable ou le plus inexpérimenté, c'est pareil — c'est lui qui allait vous servir de tête de Turc ! Non ! Ne sautez pas en l'air. En ce moment, autour de ce délicieux rôti, nous sommes comme deux complices qui se font des confidences, pour en rire. Et justement j'en viens à une question : Est-ce vrai que vous êtes une espèce de virtuose du chapardage ? Comment faites-vous ? »

Yolande a montré de l'indignation, puis de la nervosité, puis de l'impatience et enfin une sorte d'indulgence amusée.

« Vous êtes un drôle d'avocat ! dit-elle. Oui, je le reconnais, j'éprouvais du plaisir à vous voir furieux ou accablé. Les petits vols, ça vous plaisait bien. Mais pas les gros ! Alors, là, je vous voyais souffrir, comme si vous aviez été vous-même dépouillé. »

Ils rient ensemble. Marescot lève son verre.

« A votre santé, Yolande ! Vous êtes quelqu'un,

ma parole. Tenez, je n'hésite plus à vous demander ce que, tout à l'heure encore, je n'osais pas vous...

— C'est si difficile que ça ?

— Oui, parce que vous allez m'envoyer promener.

— Oh ! maître ! Je croyais que nous étions devenus des amis... »

Un silence, traversé par des bruits de vaisselle. Marescot s'empare doucement de la main de Yolande.

« Je voudrais... ah ! je ne sais pas comment tourner cela... Je voudrais que vous me montriez comment vous vous y prenez pour voler. Voilà !

— C'est tout ? demande-t-elle avec une immense surprise. Eh bien, il n'y a qu'à prendre un couvert !

— Non, non. Ce que je veux, c'est qu'on aille aux Nouvelles Galeries, par exemple, et que vous voliez devant moi n'importe quoi.

— Je ne vous comprends pas.

— C'est bien simple, pourtant. Vous apercevez quelque chose qui vous attire et hop ! Vous prenez... Ce n'est pas le vol qui m'intéresse. C'est le geste. »

Cette fois, Yolande ne cache pas sa surprise, une surprise faite d'ébahissement et de crainte.

« N'importe quoi ? insiste-t-elle.

— Exactement. N'importe quoi. Pas besoin que cela soit utile, ou joli, ou rare... Pas besoin que ça coûte cher. Mais autant que possible à proximité d'une employée ! »

Cette fois, Yolande s'inquiète :

« Ce n'est pas sérieux. Si j'étais repérée, dans ma situation actuelle, qu'est-ce que je deviendrais ?

— J'interviendrais, croyez-moi. Ils ne tiendraient pas à grossir un incident banal. Vous ne courez aucun risque.

— Mais enfin, pourquoi ferais-je ça ?

— Pour moi. C'est très important. Je prépare une étude sur la psychologie de la convoitise, vous voyez... Sur les débuts du sentiment de la privation ; comment s'aperçoit-on qu'on est en état de manque et que le moment est venu de prendre quelque chose. »

Elle le regarde en hochant la tête.

« Vous, alors !... murmure-t-elle. Mais où allez-vous chercher tout ça. D'abord, quand je vois la vendeuse tout près, je file. Ça m'est arrivé plus d'une fois !

— D'accord. Mais je suppose qu'elle est loin...

— Eh bien, je ne sais pas... Ça va tellement vite. Sur le moment, je ne me rends même pas compte que ça y est, que la chose est dans mon sac. Le plus dur, c'est de ne pas s'éloigner, en regardant de tous les côtés. » Marescot écoute. Elle dit vrai. C'est ça mais moins quelque chose qu'elle est trop fruste pour sentir : le spasme d'exaltation, l'espèce de cri silencieux de la vie cravachée. Il opine :

— Bien, bien. Et après ?

— Quoi, après ? Je n'y pense plus. Je vais voir plus loin.

— Et vous pouvez recommencer ?

— Bien sûr.

— Avec le même désir ?

— Pourquoi pas ? »

C'est par là qu'elle le déçoit. Elle ignore que le désir retombe quand on a pris dans les règles, en s'appliquant, en savourant. Interrogée avec méthode, elle peut bien enseigner à l'enquêteur les ficelles du métier. Mais il y aura toujours quelque chose qu'elle ignorera, la jouissance ! C'est un peu comme la chasse à courre ! Il ne s'agit pas de tuer mais d'être le plus habile, car la chose convoitée se défend, se dérobe derrière les yeux qui passent, les mains qui frôlent. Ah ! le dernier bond ! les doigts qui serrent et qui étranglent.

« A quoi pensez vous, maître ? demande Yolande, presque timidement. Vous n'avez pas l'air content ?

— Oh si ! Au contraire ! Vous m'êtes très utile. Mais vous le serez encore bien plus quand je vous aurai vue à l'œuvre !

— Vous tenez toujours à me voir opérer ?

— Oui. Après, je vous laisserai tranquille. »

Il vérifie la note, calcule exactement le pourboire et se lève.

« On va aux Nouvelles Galeries ! décide-t-il.

— Ce n'est pas une bonne heure, observe-t-elle. Et en plus c'est un jour creux. »

N'importe ! Ils entrent, tout de suite assaillis par le tumulte du négoce.

« Ça vous ennuierait de me donner le bras pour

152

qu'on ait l'air d'un vrai couple. C'est la femme qui conduit. »

Ils commencent à flâner, discutant devant les produits de ménage.

« Est-ce que vous sentez que ça vient ? chuchote Marescot.

— Quoi ?

— L'envie.

— Ça ne se passe pas comme ça, maître. Pas du premier coup. J'allais boire un café, d'abord...

— Eh bien, allons à la cafétéria. »

Ils s'installent un peu à l'écart. Elle observe, autour d'elle.

« D'habitude, dit-elle, on rencontre ici des petits retraités qui ont fait leur marché. Alors on s'assoit tout près. On lie la conversation pour se mettre dans l'ambiance. Après, vous faites tomber votre cuillère et en général il se baisse le premier. Vite, vous lui piquez quelque chose dans son cabas. Ils ont toujours un cabas entrebâillé, près de leurs pieds. Quelque-fois, vous tombez sur un porte-monnaie. Mais le mieux, c'est d'avoir un parapluie. Ça contient beau-coup, un parapluie. Un grand, un noir, bien entendu. Mais... »

Elle se penche vers lui.

« Regardez derrière vous, la grosse bonne femme avec sa poussette. C'est sûrement une collègue en opération. Elle a un bébé, naturellement. Idéal, le bébé, pour faucher du chocolat. Les plaques glissent toutes seules dans une couche culotte. Je sais ! J'en ai tâté assez souvent à cause des amandes. Prenez du Nestlé, c'est le meilleur.

— D'accord. Videz votre tasse et allons-y.

— Vous avez bien dit : n'importe quoi ?

— Oui. »

Elle réfléchit tout en frottant ses mains l'une contre l'autre comme si elle en vérifiait la souplesse.

« Bon, dit-elle. J'y vais. Venez... »

Ils s'engagent dans une allée qui offre des lainages. Elle s'arrête brusquement.

« Si je sens que vous me surveillez, c'est fichu. Je m'y pendrai mal. Non. Retournez au bar et prenez un petit alcool, en m'attendant. »

Marescot, pourtant, aurait bien voulu la voir à l'œuvre, pour une raison qu'il a eu de la peine à débusquer. Si elle allait se montrer imbattable ! Il a beau se dire qu'il possède l'objet roi, le vainqueur absolu, le couteau, il n'est pas tranquille. Il choisit une place en bordure du passage. De là, il la verra venir. Pourvu qu'elle rate son coup, qu'elle revienne les mains vides. Il commande un double cognac. Ne pas oublier qu'elle a un touche de musicienne ! Cela peut donner l'illusion qu'elle est une artiste. Or la récompense suprême, c'est non seulement d'avoir les doigts mais, par eux (bien sûr, par eux !), d'obtenir la révélation de... de... Il se rend compte qu'il rabâche, qu'il se possède par cœur, mais il devine aussi qu'il lui reste à apprendre quelque chose du couteau, une espèce de vérité sans nom, sans forme, une grâce que cette fille détient sans le savoir, dont elle le prive

154

parce que l'on ne peut pas être deux à connaître cette joie. C'est pourquoi, depuis le début et de plus en plus, il la déteste. Il la hait. Allons ! Seigneur, un peu de chance, enfin ! Qu'elle se fasse prendre. Que ce couteau ne soit qu'à moi. A moi seul. Et soudain il la voit passer, au bout de l'allée. Un homme, un employé, la tient discrètement par le bras et de sa main libre il balance une étrange chose brillante. Ça y est ! Elle n'a pas, cette fois, été assez rapide. Mais qu'est-ce que c'est donc ? Il n'ose encore se prononcer. Mais quoi, il n'y a aucun doute. C'est une pompe à vélo.

Chapitre 12.

Il se lève, les suit de loin. Au bout de l'allée, ils vont tourner à droite. Il y a là une porte marquée *Privé*. Le bureau du sous-directeur. Bon, cela n'est pas bien méchant. Yolande va bien trouver une explication plausible. Et d'abord elle va protester. Elle dira qu'une amie l'attendait dehors en surveillant les bicyclettes, qu'elles devaient voir ensemble si cette pompe s'ajustait bien au cadre. Elle n'avait pas du tout l'intention de s'enfuir avec. La preuve, c'est qu'elle était prête à payer. N'importe ! « Votre nom. Votre adresse », etc. Elle va être fichée. Embêtant. Très embêtant. Marescot s'arrête pour réfléchir. Attendre qu'elle ressorte, le désigne. « Voilà mon avocat ! » Pris de court, qu'est-ce qu'il dira ? Une pompe ! On n'a pas idée ! Elle a voulu l'étonner. Il avait bien précisé : « N'importe quoi ! » Mais pas ça, l'idiote ! Quoique... Tout bien pesé !... Il y a de l'innocence à prendre une pompe ! Ce n'est pas quelque chose qu'on vole ! Il y a gros à parier qu'on va la relâcher. Marescot bat en retraite, le cœur toujours en désordre. Cette mollesse dans les jambes, c'est de la panique. Il doit s'avouer qu'il n'est pas à la hauteur de la situation. Si par malheur, un jour, il se faisait prendre, il s'effondrerait. Pour le moment, il n'a pas grand-chose à redouter, parce que Yolande est une fille qui a de la ressource, mais... il a beau se raisonner, il ne se sent pas à l'abri. Et pourtant, il l'avait prévue cette situation ! Bien plus, il l'avait souhaitée. Alors ?...

Il doit rentrer, juger avec sang-froid, se donner la preuve qu'il est insoupçonnable. Et même si on l'a vu en compagnie de Yolande... Mettons les choses au pire... même s'ils ont été filmés tous les deux par les caméras de surveillance... quoi de plus naturel que d'aider ma cliente, reconnue innocente, à refaire l'apprentissage de sa liberté ? Marescot cherche un taxi pour s'éloigner plus vite. Il a l'impression d'être un assiégé qui se dépêche de boucher les interstices par où l'ennemi pourrait se faufiler. Et, la portière refermée, il s'essuie le front avec accablement. Oui, soyons franc ! On est un assiégé parce qu'on se bat sans cesse pour cacher ce que l'on est ! Et il faut si peu de chose pour se voir exposé en pleine lumière. Que cette fille commette une simple maladresse... ou qu'elle dise tout bonnement : « C'est Me Marescot qui m'a demandé de voler quelque chose », tiens, tiens, Me Marescot, pas possible ! Ah ! pas ça ! Surtout pas ça. Mais le taxi le dépose rue Cadet. La lettre au procureur est toujours là, les photos, le couteau, tout ce qui peut le délivrer de Yolande et lui assurer une existence neuve. Il n'y a pas à hésiter.

Monsieur le Procureur, j'ai l'honneur de vous informer que je possède tous les éléments de l'affaire désignée par la presse sous le titre : « Le mystère du Photomaton. »

Une minute de méditation. Non. C'est maladroit ! Marescot déchire la feuille et recommence.

Monsieur le Procureur,

J'ai beaucoup hésité, ne sachant à qui je dois réserver mes révélations. Je possède, par le plus grand des hasards, toute la vérité sur ce qu'on a appelé « Le mystère du Photomaton ». Mais, si je considère que je dois, en conscience, la faire connaître, je ne sais pas à qui je dois m'adresser pour obtenir l'assurance absolue que mon identité restera cachée. Un ami m'a conseillé de vous écrire, mais en confiant ma lettre à l'avocat de Mme Yolande... ainsi que certains éléments matériels dont le couteau, pièce à conviction essentielle...

Marescot se relit, puis regarde le couteau. Se séparer d'un objet de cette valeur et tout ça parce qu'une idiote a volé une pompe à vélo... Horrible ! Mais quoi, la sécurité avant tout !... Il place une feuille sur la machine. Rien de plus agréable, au fond, que de s'écrire à soi-même.

Maître,

Ma démarche a de quoi surprendre mais je vous demande de l'accueillir comme la meilleure preuve de confiance que je puisse donner à un représentant éminent du barreau. Peu importe que vous appreniez comment le couteau qui a servi au meurtre est venu en ma possession, alors que je n'ai joué aucun rôle dans le drame. Le hasard... J'ai vu l'arme. Je l'ai ramassée, et c'est tout. J'ignore qui l'a perdue, mais les empreintes visibles sur le manche devraient permettre à la police d'identifier facilement le coupable. Ce que je voudrais seulement vous faire sentir, maître, c'est le profond trouble de conscience qui a été le mien à partir de l'instant où j'ai compris que la vie et l'honneur d'une personne inconnue dépendaient entièrement de la décision que je devais prendre. Car il m'appartenait, désormais, d'être un juge. En effet, remettais-je à la justice l'arme du crime? Cela revenait à dénoncer l'assassin! Mais la conservais-je et aussitôt je devenais son complice, malgré moi. Je résolus d'attendre. Si l'enquête aboutissait à l'arrestation du coupable alors tout rentrait dans l'ordre. Mais, hélas, pas du tout, car une femme fut bien interpellée mais protesta si vivement de son innocence — grâce à vos conseils, maître, je ne l'oublie pas — qu'il fallut la libérer, faute de preuve. La seule preuve, c'est le couteau et les empreintes qu'il porte. Mais qui suis-je pour décider de laisser vivre ou de condamner mon prochain? Le doute affreux qui me ronge ne peut plus durer. Je dois parler. Mais pourquoi ne confierais-je pas à un professionnel de la parole le soin de parler à ma place ? Je me suis donc renseigné... (Aïe ! Si j'écris renseigné au masculin, je révèle que je suis un homme. Je vais donc écrire « renseignée » au féminin ! On n'attrape pas si facilement M. Marescot !)

Il corrige et continue.

et c'est d'une voix unanime qu'on m'a répondu : « Adressez-vous à Me Marescot. C'est lui qui, en ce moment, est le mieux renseigné. » Je vous confie donc, comme un lourd paquet, mes scrupules, mes craintes, mes remords, tout ce qui peut écraser la conscience d'une personne qui, à force de réfléchir, ne sait plus où est le bien et le mal.

Je vous prie d'agréer, Maître...

Soudain, le téléphone, saccadé, impérieux. Marescot a sursauté. Il reste une seconde, la main, au-dessus du récepteur. Ça c'est probablement Mallard qui appelle, de la rue de Châteaudun. C'est donc tellement pressé !

« Allô, Mallard ? »

Il a l'air ému, le pauvre vieux. Il bredouille... Marescot s'irrite.

« Parlez doucement. Je ne comprends rien. Voyons. Qui veut me voir ? Le bâtonnier ? Ah ! il ne veut pas me voir ! Il me demande d'acheter *Le*

Bâillon qui paraît aujourd'hui. Pourquoi? Il aurait pu le dire! Vous l'avez acheté, vous? Oh bien! Ecoutez mon vieux! Faites un saut jusqu'ici et apportez-moi cette feuille... »

Le Bâillon! Quelle révélation sensationnelle ce journal peut-il lancer aux quatre coins de Paris? Et surtout pourquoi le bâtonnier a-t-il pris la peine de téléphoner? Marescot achève d'écrire la formule de politesse et glisse la lettre dans son sous-main. Puis il se promène dans son musée, l'œil attentif et attendri d'un jardinier dans sa serre. Encore le téléphone. Cette fois, c'est elle.

« Eh bien, ça c'est passé comment?

— Oh, pas trop mal. Ils ont fait semblant de croire que j'ai été distraite.

— Mais est-ce qu'ils vous ont demandé vos papiers?

— Oui, mais ils ont à peine regardé. On venait d'amener une femme qui avait volé du parfum. C'est elle qui a intéressé le directeur.

— Mais pouquoi diable avez-vous pris une pompe?

— Parce que je savais qu'une pompe, ça ne se vole pas! Mais c'est cher. Je n'ai plus un rond.

— D'où m'appelez-vous?

— Du snack près de l'Opéra.

— Je vais vous envoyer quelqu'un... Vous le connaissez? C'est l'homme qui vous suivait. Il vous dépannera. Moi, je n'ai pas le temps.

— Qu'est-ce que je fais de la pompe? »

Marescot retient le mot qui lui monte aux lèvres et raccroche. Il grogne pour la forme mais il est intensément soulagé. Il s'en veut d'avoir eu peur. Peur de quoi ! *Le Bâillon* traîne-t-il encore dans la boue les juges, les avocats, la clique du Palais, comme il dit ? Il a l'habitude. Et quand on est le filleul du bâtonnier, on n'a pas grand-chose à redouter. Cependant il est désagréablement surpris par l'émotion de Mallard.

« Vous avez couru, ma parole. »

C'est vrai. Mallard est hors d'haleine. Il déploie le journal pour aller plus vite, tend un doigt furieux vers la première page.

« Ça ne va pas vous faire plaisir, maître. »

Le titre fait mouche : « La nomenklatura parisienne. »

On s'imagine que certains privilèges n'existent qu'à l'Est : prix spéciaux, produits réservés, etc. Eh bien, braves gens, circulez sans vous presser dans les allées de certains grands magasins : Si vous avez l'œil vif, vous ne tarderez pas à surprendre de singuliers vous ne tarderez pas à surprendre de singuliers manèges. Ici, c'est un noble vieillard, bien entendu décoré, qui met dans sa poche un nécessaire de toilette ; plus loin une jeune femme élégante qui subtilise une paire de bas. Il y a mieux : nos enquêteurs ont photographié à son insu un client qui fait main basse sur les objets les plus variés, en toute impunité. On pourrait nous faire remarquer que le vol à l'étalage est une chose regrettable, mais banale. Or le client dont nous parlons est connu. Il est même l'objet d'une surveillance spéciale. Le personnel a la consigne de le laisser opérer, car sa famille a ouvert un compte et, à date fixe, paye globalement les dettes ainsi contractées. Le cas est connu, dira-t-on. Bien sûr. Il s'agit de kleptomanie. Mais ce que le public ignore, c'est qu'on a trouvé en haut lieu que le système a du bon. Rien de plus rentable que de conclure des arrangements fructueux avec certains gros clients qu'on encourage ainsi à voler pour le plaisir. Ils viennent. Ils se servent. En somme, c'est un système de libre-service (sans obligation de passer à la caisse) qui tend à se développer de plus en plus et à former une classe de privilégiés qui, si on les interroge (nous l'avons fait), s'abritent tout de suite derrière l'excuse de la kleptomanie afin de n'encourir aucune poursuite mais en réalité constituent une classe de riches oisifs qui trouvent amusant de consommer sans payer.

Mais alors? La justice se serait pas au courant? Bien sûr que si. Malheureusement, elle est déjà noyautée. C'est pourquoi certaines affaires, comme celle du Photomaton, traînent tellement. Le Bâillon est d'ores et déjà en mesure d'apporter sur ce sujet des révélations sensationnelles. (A suivre.)

« Qu'en pensez-vous ? » demande Marescot.

Mallard se tortille comme un candidat en perdition au tableau noir.

« Rien, maître. Je ne sais pas.

— Mais vous pensez que je vais être éclaboussé ?

163

— Oui, peut-être.

— Bon. Laissez-moi. J'appelle mon parrain. »

« Allô ? Allô ? C'est vous, parrain ? Je ne reconnaissais pas votre voix.

— C'est du propre ! s'indigne le bâtonnier. Qu'as-tu à répondre ? Tu ne réponds rien. Ça vaut mieux. Ta pauvre mère vient de me dire la vérité. Si seulement elle l'avait fait plus tôt ! Oh ! je me doutais bien que tu n'étais pas tout à fait comme les autres, mais j'aurais plutôt cru que c'était du côté des hommes que... enfin. Bon, tu es kleptomane. On aura encore de la chance si ton nom n'est pas prononcé. »

Marescot essaie de protester.

« Tais-toi ! ordonne le bâtonnier. Ta mère m'a tout expliqué. Elle est la cousine germaine par les femmes de Malinchart, le P.-D.G. des Galeries. Elle n'a pas eu de peine à conclure un arrangement avec lui. Grâce à la complaisance d'un chef de rayon, tu étais surveillé et tous les deux mois un relevé de tes dépenses secrètes était communiqué à ta mère, qui payait largement.

— Elle aurait dû m'en parler.

— Non. Elle préférait savoir comment tu te comportais, loin d'elle. Malheureusement Malinchart vient de mourir, ce qui revient à te couper les vivres. Et d'ailleurs ta mère était résolue à ne plus intervenir en ta faveur, depuis qu'elle savait que tu t'occupais un peu trop de cette Yolande.

— Vous n'allez pas me dire qu'elle était jalouse ?

— Si, justement. »

Marescot se rebiffe.

« Enfin, parrain, tout cela ne tient pas debout ! Vous...

— Exact, coupe le bâtonnier. Il est évident qu'il s'agit d'un chantage. A qui ferait-on croire qu'il existe, parmi les clients des grandes surfaces, des sortes d'amicales de voleurs en quête d'émotions fortes, comme des sociétés secrètes de joueurs, quelque chose comme ça... C'est absurde, bien sûr. Mais ce qui ne l'est pas, c'est que cette feuille à scandale cherche à ramener à la surface le crime des Nouvelles Galeries. Oh ! ce n'est pas fini ! Dieu sait ce qu'ils vont inventer. Je mettrais ma main au feu qu'ils ont des doubles de pas mal de relevés de comptes. Et si tu avais pour deux sous de malice, tu comprendrais la manœuvre : tandis que l'on poursuit férocement les vrais petits chapardeurs, on laisse complaisamment s'amuser toute une petite clique d'honorables citoyens à qui l'on vend, bien entendu au prix fort, leur plaisir. Tu vas voir. Tu seras parmi les premiers épinglés et moi à travers toi, forcément ! Et à travers moi, le syndicat des avocats et, de proche en proche, cela risque d'aller loin. Ça va commencer par l'histoire de la pompe à bicyclette...

— Quoi ! Vous êtes au courant ?

— J'ai mes informateurs, moi aussi ! Et l'enchaînement va de soi. La voleuse c'est justement la fille que tu as défendue. Or elle a été très vite remise en liberté

165

malgré les soupçons qui pesaient sur elle. Et comme par hasard qui est fiché sur la liste des kleptomanes à ne pas inquiéter ? Toi, pardi ! Et qui veut-on protéger à travers toi ? Une proche parente de Malinchart, le P.-D.G. des Nouvelles Galeries, et coïncidence étrange c'est au moment où disparaît Malinchart que le scandale éclate. Et tu sais pourquoi ? Non, bien sûr ! Toi, tu te contentes de collectionner les bretelles et les boutons de culotte. Tais-toi. Si le scandale est sur le point d'éclater, c'est parce que les Nouvelles Galeries sont menacées par un groupe hollandais plus puissant. Tout ça est supérieurement combiné. Ça va faire des victimes. Et toi, pour commencer ! Tu vas — pas plus tard qu'aujourd'hui — m'envoyer ta lettre de démission. Tu es radié. Tu n'appartiens plus aux Avocats associés. Je ne veux pas être la risée du Palais. Et puis je m'arrangerai pour que ta protégée soit rattrapée. J'ai des amis dans la police qui sauront la faire parler. Elle dira ce qu'elle voudra. L'important, c'est que nous puissions opposer au *Bâillon* des contre-aveux qui le fassent taire. Tu m'as compris ?

— Oui, parrain.

— Passe tout de suite à ton bureau et écris-moi ce que je t'ai demandé. Rien ne t'empêche de dire que tu entres dans une maison de santé. C'est même par là qu'on aurait dû commencer. Ah ! autre chose ! Cette fille, j'ai besoin de la voir. Convoque-la dans ton vrai chez-toi, puisque Monsieur à un second bureau ! Tu penses bien qu'il va falloir acheter ses mensonges, et j'aime mieux qu'elle ne rencontre pas ta mère. Allez! Pas d'explications. On n'a pas le temps! J'espère qu'il n'est pas trop tard. »

Marescot n'a pas la force de reposer son téléphone quand il entend que son parrain raccroche. Sa main tremble. Ses jambes tremblent. Une vague nausée lui barbouille le cœur. Il se sent plus nu qu'une blatte dont on vient de violer la cachette. Et en vérité, oui, les paroles du bâtonnier pèsent sur lui comme un talon qui l'écrase. La lettre au procureur, à quoi bon! A quoi bon, tout... le musée... le couteau... Ah! même le couteau! Il étend le bras. Il n'a même plus la force de se lever. A peine s'il peut appuyer sur le bouton qui libère la lame! Il est toujours aussi beau, ce couteau. Avoir fondé tant d'ambitions sur lui! Grâce à lui, avoir vécu au-dessus de ses moyens, comme un richard de rêves. Et maintenant écrire qu'on abandonne, qu'on renonce à tout. On ne retournera plus aux Galeries. On ne dérobera plus rien. Plus jamais. Tant de choses qui lui chuchotaient : Viens! quand il passait. Ces allées bordées de tentations, comme des rues chaudes, non, c'est bien fini. Il y avait pourtant, près du rayon des rubans, il s'en souvenait comme d'un paradis perdu, un diadème sur une tête de femme en cire. Il revoyait ses yeux trop fardés, sa bouche trop rouge, ses joues comme des pétales de rose, coiffure, bijoux, fard, tout délicieusement faux, suprêmement séduisant, appelant le baiser et peut-être le coup de couteau... une idée comme ça, poussant dans les décombres de sa vie comme une petite fleur oubliée par les

167

flammes. Pesamment, il se lève, va emplir ses mains jointes de l'eau du robinet, plonge son visage dans ses paumes suintantes qui gouttent comme des larmes. Renoncer! Renoncer à tout. Ne plus mettre un pied dehors, pour éviter les ricanements, les quolibets. Un kleptomane, on sait ce que c'est, cela se situe entre mendiant et pilleur de troncs. Peu à peu, une résolution se fait jour dans son esprit, courir rue de Châteaudun, taper trois lignes pour signifier sa démission, pas besoin d'expliquer pourquoi, et revenir pour se suicider devant le musée. Comment? Peu importe! La corde! Le gaz! Une poignée de tranquillisants. Ce qu'il faut, c'est disparaître comme on chausse un mauvais acteur, sous les huées. Il l'entend, ce vacarme. Il voit tomber le rideau. Il s'est toujours tenu tantôt devant, tantôt derrière, à la fois acteur, metteur en scène et public. Il s'est trompé. La pièce n'était pas géniale. Tout était truqué. Et même, en ce moment, il continue de tricher. Cette lettre au procureur, doublée d'une lettre adressée à lui-même, n'est-ce pas le comble de la rouerie. Ce qu'il est, ce n'est pas un minable cabot! C'est un mime qui, passant ses mains à plat sur des surfaces imaginaires, s'est enfermé dans une prison de vide, plus impitoyable qu'un cachot sans issue. Essaie de sortir de là, pauvre clown!

Il laisse tout en place, il ne prend même pas le temps de refermer la porte! Qu'est-ce qu'on pourrait prendre, maintenant que tout lui échappe. Et puis qu'on prenne tout! S'il osait, il ouvrirait la fenêtre et balancerait le musée sur le trottoir, les bretelles, les boîtes à secret, les cravates, le couteau ! Eh oui, le couteau aussi, car ce n'est rien de plus qu'un article de bazar, avec son crocodile ridicule. Et pour finir il se balancerait lui-même aux objets perdus. Mais non ! Parrain commande. Tu dois faire ceci ! Tu dois faire cela ! Tu dois être le premier. Tu dois être avocat. Et sa mère : tu dois obéir à ton parrain, puisque ton pauvre père... Il nous voit, tu sais ! Ne sois pas un ingrat ! Ça va ! Il parle tout seul en marchant. Ça va ! Qu'on lui foute la paix ! Ma démission ! Mais je ne demande que ça... Il arrive chez lui. Personne. Secrétaire pas arrivée ! Mère au marché malgré l'article du journal. Elle ne lit pas les journaux. Malgré la migraine qui bat sous son crâne comme un diesel, il a la force de taper une lettre adressée au bâtonnier. Et il y met exprès toutes les formes. Et il lèche l'adresse d'un épais coup de langue : *Monsieur le Bâtonnier. Personnel. Prière de faire suivre.* Ah ! comme ça le soulagerait d'ajouter *Vieux con !* Maintenant, la lettre bien en évidence. C'est tout son passé qu'il éparpille autour de lui en confetti de rancune. Allez ! Finissons-en. Il revient rue Cadet. La porte est toujours ouverte. Mais il y a quelqu'un, debout, devant le musée. Quelqu'un qui tient le couteau près de son visage. Il hurle :

« Lâche ça ! »

Il n'a même pas pris le temps de reconnaître Yolande. La certitude a été plus vite que la pensée.

« Lâche ça ! »

Il l'a ceinturée. Il lui serre le poignet. Il veut la forcer à ouvrir les doigts, mais elle se crispe, elle se bat pour le mettre en garde.

« Ça coupe ! dit-elle. Fais attention. »

Elle veut se retourner, lui faire face. Il lui tord sauvagement la main. Il est soudain toute violence. Il lui arrache le couteau et par-derrière, comme si quelqu'un guidait son bras, il lui enfonce la lame dans le cou. Après, il ne sait plus. Il la soutient sous les bras. Elle tombe doucement. Tout ce sang ! Il l'allonge sur la moquette. Il ferme les yeux. D'où lui vient ce calme étrange ? Il entend des voix, comme autour d'une morte.

« Elle n'a pas souffert... On les plaint tous les deux... Qu'est-ce que vous voulez, ça devait finir comme ça ! »

Il tourne la tête. Il est seul. Il lâche le couteau qu'il tenait à pleine main. Il essaie de se redresser pour atteindre le téléphone. La mécanique des gestes professionnels. Il réussit à former le numéro de la police puis il s'évanouit.

Longtemps après, il refait surface. Il est étendu sur le divan. C'est plein de pieds, autour de lui. Plein de voix aussi. Plein de flashes.

« Vous avez remarqué la forme de la blessure ? Aucun doute ! Il a tué d'abord la petite Marocaine. Et maintenant c'est au tour de celle-ci. »

Protestations molles. La voix reprend.

170

« Il s'agit bien de la même arme. Alors ? Comment ce couteau serait-il venu en sa possession ?

— Vous avez le couteau. Vous avez, sur le manche, les empreintes toutes fraîches. Concluez. »

Nice, janvier 1991

La porte du large *(Téléfilm)*.
Delirium *(Téléfilm)*.
Les Veufs
La vie en miettes *(Téléfilm)*.
Manigances *(Nouvelles)*.
Opération Primevère *(Téléfilm)*.
Frère Judas
La Tenaille *(Téléfilm)*.
La Lèpre
L'Age bête *(Téléfilm)*.
Carte vermeil *(Téléfilm)*.
Les Intouchables
Terminus *(Téléfilm)*.
Box-Office
Mamie
Les Eaux dormantes *(Téléfilm)*.
La Dernière cascade *(Téléfilm)*.
Schuss *(Téléfilm)*.
Le Contrat *(Téléfilm)*.
J'ai été un fantôme
Champ clos *(Téléfilm)*.
Le Bonsaï
Le soleil dans la main

À LA LIBRAIRIE DES CHAMPS-ÉLYSÉES

Le Secret d'Eunerville
La Poudrière
Le Second Visage d'Arsène Lupin
La Justice d'Arsène Lupin
Le Serment d'Arsène Lupin

AUX PRESSES UNIVERSITAIRES

Le Roman policier
(Coll. Que sais-je ?)

AUX ÉDITIONS PAYOT

Le Roman policier *(épuisé).*

AUX ÉDITIONS DENOËL/MÉDIATIONS

Une machine à lire : le roman policier

AUX ÉDITIONS HATIER/G.-T. RAGEOT

romans policiers pour la jeunesse
Sans Atout et le cheval fantôme
Sans Atout contre l'homme à la dague
Les Pistolets de Sans Atout
Le cadavre fait le mort
La mélodie de la peur

Achevé d'imprimer en avril 1991
sur presse CAMERON
dans les ateliers de la S.E.P.C.
à Saint-Amand-Montrond (Cher)
pour le compte des Editions Denoël
73-75, rue Pascal, Paris 13ᵉ

Dépôt légal : mai 1991.
N° d'Édition : 3475. N° d'Impression : 1070-726.

Imprimé en France